自由人生

異世界萬事通奮鬥記

1

熱熱鬧鬧，喧喧騰騰，
總是充滿活力的格蘭菲利亞。
在這個城市的一隅，
垂掛著一個招牌——
萬事通「自由人生」。

主要 登場人物介紹

◀ 佐山貴大

「自由人生」的
懶散店主。

優米爾 ▶

與貴大一同生活的
女僕。擅長處罰人。

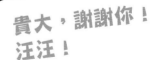

◀ 克露米亞

可愛的犬獸人女孩。
非常喜歡貴大！

貴大～
員工餐做好嘍～！

薰▶

「滿腹亭」的看板娘。
似乎很在意貴大♪

真不愧是
佐山老師！

◀法蘭莎

就讀名門學園的少女。
對貴大的才能深深
著迷？

我要摸清楚
那傢伙的底細！

艾露緹▶

探索貴大祕密的
跟蹤狂少女。

「克露米亞也要吃便當嗎？」

野餐
「汪汪！」
「哎呀～真是和平～多麼和平的光景啊。」
HONSHIMEN

「老師……您現在是一個人嗎？」

在街上巧遇
「你們看起來關係不錯嘛。」

目錄喔！

自由人生 1

異世界萬事通奮鬥記

気がつけば毛玉

插畫：かにビーム

Kadokawa Fantastic Novels

序章

伊森德王國首都，格蘭菲利亞。

這裡是大陸內首屈一指的大都市，也是國內最大的貿易據點。

面向港灣的城市裡，聚集著包羅萬象的商品。食物、建材、貴金屬與工藝品等，都會運送至此地。

由此孕育而出的億萬財富，則促使城市大大發展。

這股毫無停歇之勢的繁榮，被認為將會永續下去。

偉大的伊森德王國。

聲名遠播的格蘭菲利亞。

沒有大都會足以媲美，也沒有地方能如此富麗華美。

在王國史上獲得前所未有繁榮的格蘭菲利亞，不知不覺間，已被人們冠上花都的名號。

然而，這座花都也有許多問題。

簡言之，稅金昂貴。食衣住行均所費不貲。

格蘭菲利亞雖獲得碩大的財富，但要享受這些豐裕，通常得付出相應的代價。並且這些代價遠比其他城市高騰，無法負擔的人們立刻就會淪落街頭。

即使如此，都會的生活仍舊充滿魅力，為了延續生活，大多數人揮汗工作。每日孜孜不息地勞動，將賺來的報酬用於生活費。

這所城市的活力，換句話說也是勞動者的活力。王公貴族通常都很安靜，格蘭菲利亞的絕大部分歡騰，都是由工作的庶民們所促成。

熱熱鬧鬧，喧喧騰騰，總是充滿活力的格蘭菲利亞。

在這個城市的一隅，垂掛著一個招牌。

萬事通「自由人生」。

包括店舖門面在內，乍看之下，沒有任何奇特之處──

如今即將展開的故事將會以這間店，以及店主本人為中心，開始輪轉。

第一章　大地的黎明篇

—1—

如果可以的話，真想永遠睡去。

早睡早起什麼的根本是屁話。

想睡的時候就睡，想起來的時候再起來。這樣不是很好嗎？

至少我想這麼做，今天也還沒睡夠。

「唔、唔唔。」

夏季尾聲的某天早晨，我一如往常地清醒過來。

然後，再度陷入沉睡。

難得來到舒適的季節，不睡回籠覺未免也太可惜了，再說，怎麼可能不睡覺呢。

畢竟其他地方可沒有這麼舒適的時光啊。

雖然還沒到「春眠不覺曉」的地步，但我怎麼樣也無法抵抗這股睏意。

「呼～」

用鼻子大力呼吸，褪去身體的力量。

儘管已經半清醒了，但我絲毫沒打算起來。不如說很享受這種半睡半醒、恍惚打盹的反覆狀態。

何況現在才早上嘛。時間要多少有多少——

喀啦。

我聽見了房間門被打開的聲音。

接著——

「……早安。」

傳來了可愛且清爽的聲音。

是在跟我問早吧。但是，我沒有心情回答。

「……早安，主人。」

這次對方搖動我的肩膀。聲音靠得更近了。

可是我果然還是起不來。完全不想起床，連睜開眼睛都不想。

然而「這傢伙」還是沒打算放棄——

「……主人，早上了喔。」

「唔、唔嗯～」

為什麼要一直找我麻煩？

不斷地不斷地對我說話，就是要妨礙我的睡眠。

我怎樣也無法原諒這種事，乾脆拉起毛毯，做出徹底抗戰的姿勢，然而……

「…………」

相當意外的，對方似乎馬上就放棄了。

我感覺到對方迅速離去，再也沒有出聲說話。

（唉～真是的。）

這下終於可以好好睡覺了。

卸下心房的我，沉入恍惚的打盹裡——

【緊急迴避】！

眼皮裡浮現出這幾個字。警鐘聲在腦內大肆作響。

我猝然睜開眼，撞見一把銳利的刀刃！

「嘎啊啊啊啊啊啊啊啊啊啊！」

我發出悲鳴的同時，把頭閃到一旁！

接著，上個瞬間前，我頭部本來的位置……

唰！

插進一把粗獷小刀！

「妳、妳、妳在做什麼啊……！」

我壓抑住怦怦狂跳的胸口，坐起身來。

接著，我明明顫抖著聲音斥責——對方卻還是一臉愜意。

「……我來叫主人起床。」

水藍色的髮絲、水藍色的眼眸。是個耳朵稍微尖起，身穿女僕制服的嬌小少女。

名叫優米爾的女孩有著可愛的外表，行事作風卻相當危險。

「方、方法！方法不對啊！」

「……我有先叫您，也有搖搖您的身體。」

「不對不對不對，就算妳先做過這些也不行！」

優米爾把我的抗議當作耳邊風，將刀子從枕頭裡拔起來。

這傢伙一直是這副德行。不親切，沒有表情，而且還相當不留情面。雖然早就知道她這人的性格，這種狀況也經常發生——

還是覺得有點那個啊。

「啊～真是的。現在幾點啦？」

「……已經八點了。超過起床時間了。」

「早上八點……是大人的睡覺時間喔。」

咻！白色刀刃閃耀。

刀子這次突然架到我脖子上，我毫不猶豫舉起雙手投降。

「知道了！我明白了啦！我起床就是了！真是的。」

「……是嗎？那麼，我就直接把床單收走了。」

「嗚嗚。」

我沮喪地垂下肩膀。於是優米爾迅速把手伸向床單。

事已至此就無法睡回籠覺了，我除了下床以外別無他法。

「……那麼，稍後見。」

「好啦好啦。」

優米爾回收床單和外罩，敬了個禮，離開房間。

被留下的我就維持穿著T恤和一條內褲的模樣，愣愣站在房內。

「…………」

啊——可惡。好睏啊。

完全沒睡夠。老實說，好想睡到中午。

根本無法想像竟然得在這種時間起來。這絕對會危害到我的健康。

就這樣回去睡嗎？可是沒有外罩床單也無法睡得起勁——

「唉。」

還是放棄吧。

用嘆息做個段落，我走近窗邊，拉開窗簾。

「已經早上了啊。」

早晨的陽光格外刺眼。

我因此瞇起眼，順便一併打開窗戶。

「讓開讓開～」

「今天要去哪裡呢？」

「好啦——今天一整天也要好好加油喔！」

嗯，今天也是一如往常的早晨。

從二樓往下看，街坊和平日一樣忙碌喧囂。

穿著長靴、如貓一般的女性奔馳而來，冒險者們絡繹不絕地行走而去。綠髮的大嬸伸直

背桿，天空則有著翼龍飛翔。

充滿奇幻色彩的光景還是一點也沒變。

盡是些在日本看不見的事物。

這也理所當然。畢竟這裡——

根本就不是地球。

我來到這個世界，已經是三年前的事了。

三年前的某天，我玩了名叫「Another World Online」的ＶＲ遊戲——

結果不知道為什麼，就穿越到與那個ＶＲ遊戲極為相似的異世界了。

坦白說，真的是莫名其妙。

既不是被人召喚過來的，我也沒做什麼特別的事。我沒有期待過穿越，也根本不知道有這種世界的存在。

那麼究竟是為何來到這個世界的呢？直到現在我仍不明白。

畢竟我沒有得到任何說明，穿越前也沒有任何徵兆。

在虛擬實境冒險的途中，突然就摔進荒野裡，然後就變成這樣了。

既沒有公主拜託我「請你打倒魔王」，也沒有神明對我說「是我把你召喚過來的」，當然，我也不清楚自己該如何是好，又該前往何方。

不過啊，無論是哪種場所，花點時間就能習慣了。

這裡是與遊戲極為相似的異世界，也就是所謂的中世紀奇幻世界觀。人類使用劍和魔法與魔物對戰，累積經驗值後逐漸提昇等級。街上有著冒險者公會這類集團，加入以後就能接到許多工作委託——

只要知道這點，生存下去並非難事。

（日子過得真快啊。）

在那之後，日子也經過了三年。

原本身為高中生的我，現在已經是二十歲的成年人了。

有一段期間我也享受著冒險，或是嘗試回歸原本的世界而努力，然而現在我已經沒有那種力氣了。人生又不能隨心所欲，就算努力了也不見得能獲得回報。這差不多就是我三年來領悟到的道理。

所以啦，我選了份像是打工族的工作，享受這類生活。

忙碌工作既不符合我的性格，我也很怕麻煩。即使是自己選擇的工作，我也不是那麼有興致。

（今天也隨便度過吧。）

就算換好了衣服，我也只立下這種目標。

我對這樣的自己沒什麼特別想法，隨意洗了把臉，慢吞吞走下樓梯。

「……主人，早安。」

「啊——早安。」

走進起居室後，優米爾出來迎接我。

「今天的早餐是什麼？」

「……三明治和番茄沙拉，還有熱湯。」

「還不錯嘛。」

輕鬆對談幾句，我坐上椅子。

餐點立即被端了上來，我馬上伸手拿起三明治。

「……我也把茶端過來。」

「喔——拜託妳啦。」

這就是所謂的積極勤快吧。

當然啦，這正是女僕的工作，不過我總覺得這也能看出一個人的性格。儘管她也會做出些極端的舉動，基本上還是個認真又體貼的傢伙。加上工作勤勉這點，真的是從頭到尾都和我天差地遠。

「……主人，有關今天的工作。」

「嗯——？」

優米爾將杯子放上桌後，開啟了這個話題。

工作。多麼討厭的單字。但是不聽又不行，我看向優米爾。

「怎麼啦？有什麼嗎？」

「……是的。上級區是帶狗狗散步。中級區是幫廚。下級區是配送信件、搬運貨物，以及將貨物裝載到船上。」

「唔喔喔喔喔喔！為、為什麼有這麼多工作？」

我可不記得有接受委託！

「……是我承接的。」

「喔喔喔喔……！」

我重申。優米爾工作勤勉，而且勤勉得毫不饒人。

我明明一點也不想工作，這傢伙卻拚命把工作塞過來。

（散步。是哈羅爾德夫人那裡嗎！）

畢竟住在上級區的夫人們，不會自己照顧飼養的狗。

這種時候就會委託女僕，不然就是把工作整個丟到萬事通來。

（幫廚。絕對是「滿腹亭」那裡！）

那是我家附近的大眾食堂。

最近生意興隆，但是就算只是擔任助手我也覺得會累到爆！

（寄信、搬貨、把貨囤進船裡……）

啊啊啊啊，饒了我吧！

不想做，不想做，我不想做那種事！

但是，可是，果然還是——

（……不行。無法拒絕！）

即使是向來不死心的我，也明白一旦拒絕會有什麼下場。

會被哈羅爾德夫人嘮叨碎念，也會被「滿腹亭」嚴厲斥責。

「…………」

更何況，還有這女僕在。

這種光是叫人起床就使用飛刀的傢伙，即使是工作時間也隨身攜帶著凶器。

看吧，就連現在也不知道從哪裡拿出了鞭子，握在右手上，蓄勢待發。

光是吐出不要的「不」這個字，就會被鞭子狠狠抽打。我早就用身體徹底嚐過了那種慘痛了。

「啊啊，可惡！」

把剩下的三明治用茶一起嚥下口，我充滿氣勢地站起來。

接著鞭子輕巧地被抽回，優米爾快速靠近我。

「……主人，您要出門嗎？」

「才不是，現在才九點而已喔。還有時間吧。今天感覺會很忙，所以就先讓我懶散閒晃一下，養精蓄銳……咿！」

啪咻！啪咻！

優米爾再次拿出鞭子揮打地面。

她用澄澈的眼眸注視著我，定睛不動。

就個人經驗而言，我很明白只要在家裡繼續逗留一分鐘，就會遭受鞭子洗禮。

順帶一提，她是認真的，絲毫沒有打算留情。

「我知道了啦！我去就是了！畢竟是工作嘛！可惡！」

「……路上小心，主人。」

認命的我走出起居室，踏上走廊，打開玄關的門。

目送我離去的優米爾，向我低頭敬禮。

平日的光景。一如往常的光景。

儘管在異世界的生活已迎來第三年，我的生活卻一點也沒有變化。

—2—

「A定食兩份，薑汁豬肉定食三份、燉魚定食一份，點單來啦～！」

「收到～～～～！」

「追加B定食！兩份喔～！」

「喔喔～～～～～～！」

帶狗散步、發送信件以後，回過神來時間已經來到中午十二點。

我在附近的大眾食堂「滿腹亭」，拚命埋頭料理食物。

「有肉有魚有青菜又有炸物……可惡，為什麼不統一點一道菜啊……！」

我站在擺放湯鍋與平底鍋的火爐前，一面碎念一面烤肉。

蒸騰的熱氣湧上來，汗水滴滴答答流到了背脊。

「沒事吧？貴大，你要不要喝水？」

「我要喝……」

「滿腹亭」的看板娘——薰．羅克亞德相當擅長察言觀色。

只要我快精疲力盡時，她就會立刻前來關心我。

「喔喔，現在才剛開始喔！」

「沒錯沒錯！小貴，加油！」

薰的雙親，曉和凱特都是豁達大方的好人。

即使我悶聲埋怨，他們仍會開朗地笑著帶過。

「然後啊，我們的店長啊，他又……」

「果然還是這裡好啊！其他店很難吃到這種味道。」

「喂——小姑娘！來點啤酒吧！」

店裡的氣氛也相當好。

喧喧鬧鬧歡歡騰騰，充滿活力的店內，從早到晚都很熱鬧。

我還滿喜歡這種氣氛的。「滿腹亭」真的是間非常好的店。

不過！但是！

這是以客人的身分來到店裡為前提！

在這個劃分成外場與廚房以及吧檯的空間裡，外面是天堂，但我這裡可是地獄啊！

那群客人享樂的份，可是會增加我們的工作負擔。他們從容悠閒地點餐，我們就得又切又烤又裝盤再送上餐點，汗流浹背地拚命工作。

受不了了。有夠辛苦。如果說能感受到工作的喜悅，那倒還好。

「好啦，幹活啦！哇哈哈哈哈！」

「繼續送上餐點吧！啊哈哈哈哈！」

但我和薰的雙親不同，可沒有那種心情。

「爸爸！追加餐點～！」

「知道啦！」

「老公～！座位空著喲～！」

「喔喔喔喔喔！」

薰和凱特高聲大喊，曉則豪邁地切剁肉類。

被他們的大聲量轟得七暈八素，我也只能一味祈禱時間快點流逝。

「嗚啊……」

從廚房走出來的我，渾身癱軟，趴倒在桌上。

時間來到下午兩點。結束最後點餐，即將把店面牌子切換成「準備中」的時間。

從十一點來到店裡以來，我就這樣工作了剛好三小時。午餐時間卻令人感到格外漫長，

我無論身心都遭到消磨。

「點單比想像中的還要多呢。」

「是啊，等等得去採買東西才行！」

和貧弱的我不同，曉和凱特充滿了精神。

明明中午才結束沒多久，現在竟然已經在討論晚上的事。真是無法置信。

「好啦——吃飯吃飯。」

「吃飯吃飯♪」

員工餐也很豪邁。

果然是大把大把地切剁肉類和蔬菜，俐落快炒起來。

白飯也當然都是大碗裝。如果不吃這麼多，想必無法應付「滿腹亭」的工作。

不過，唔，怎麼說呢。

（我記得以前沒有這麼忙碌啊。）

沒錯，這家店從前並沒有這麼生意興隆。

（大約是半年前左右吧。）

這家店在我家附近開張營業，原來已經過了這麼久啦。

初春時，他們舉家搬來城裡，也來我家向我打聲招呼，並興致高昂地開起店面——

然後，轟轟烈烈地摔了一跤。

（店舖的理念是很好啦。）

在西洋的街坊裡販賣日式餐點。負責料理的則是有東洋人血統的曉。

這樣一來就能夠品嚐到道地的日式料理，附近鄰居都抱持著大大期待。

我也是如此。睽違數年終於能吃到白米飯，可說是滿心喜悅。

然而，店裡端出的盡是些不協調的菜單——

（那真的很慘烈啊……）

涼拌青菜淋上義大利黑醋、湯類準備了豆類濃湯，加上主菜是煙燻雞肉的鐵板燒，醃漬品是鹽漬蔬菜。

說實在的，並不難吃。單獨吃每一道菜的話可說是非常美味。

但是，要論配不配白米飯又是一回事了。並不是不配飯，但也沒必要硬是和白飯搭在一起。畢竟也有客人直接坦白要求店家「把麵包拿出來！」。即使不是日本人，似乎也無法接受那種搭配。

只是，還真可惜。如果稍微調整一下菜單，應該有辦法才對。

因此我把自己所知道的食譜盡可能告訴他們，偶爾也會陪他們一同試作料理——

結果非常成功。大獲好評到簡直讓人發笑的地步。兼具稀奇度與美味料理的「滿腹亭」，

生意立即興隆了起來。

（不過也多虧那些經歷，現在才會累垮成這樣啊。）

是個好結果沒錯，卻也衍生出意想不到的辛苦。

這情況實在讓人吃不消，我無力地垂下手。

「貴大～員工餐做好嘍～！」

「嗯啊？」

「貴大的員工餐是我做的！好啦好啦，快點吃吃看吧！」

明明是同樣的工作量，她究竟是怎麼留有那種活力的啊。薰搖晃著綁起的黑髮，把白飯和配菜端了過來。

「你拚命工作成那樣，肚子一定餓了吧？我裝大碗給你喔！」

確實，即使累得無法動彈，工作後還是會感到飢餓。

我慢吞吞地伸手去拿筷子，瞥眼看向盤中物。

「哦，今天是蔬菜炒肉啊。正好我很累，太感激了。」

「對吧？」

「……喔喔，做得很不錯耶。」

「嘿嘿，是嗎？好吃嗎？」

「嗯，很好吃。很下飯。」

「這樣啊，太好了。因為貴大喜歡這種口味嘛！」

薰面向我，露出笑容。

曉是混血兒，所以薰就是四分之一混血了吧。但她意外有著一張日本人的容貌，或許正因如此，才讓我感到特別親近。我很快就與她打成一片，她最近也時常來家裡玩。薰現在也像這樣面帶笑容看著我。曉和凱特則是站在後方，笑咪咪地朝我們這裡看過來。

（這算是種監視社會嗎？）

像這樣被盯著瞧，我反而有點不舒服。

但是，怎麼說，習慣就好了吧。被羅克亞德一家盯著瞧，該說是習慣了，還是已經產生親近感了呢。

「…………嗯？」

感覺不太對。

和平常的「滿腹亭」相比，今天好像有哪裡不一樣。

具體而言，感覺像是盯著我看的人比平常還多——

「咦，狗？」

我順勢朝腳邊看，那裡有一隻大型犬。

看來像是黃金獵犬的狗坐在地上，抬頭望向我。

「你是從哪裡闖進來的啊？」

就算這麼問，當然也不可能得到回答。

狗狗露出彷彿在笑的表情，吐出軟軟的舌頭。

「你是從哪兒來的？」

果然還是沒得到回答。

但是，至少已經知道這傢伙是家犬了。

如果是野狗，想必會更加殺氣騰騰才對。這隻狗的毛色很整齊，沒有臭味，何況還戴著項圈。應該是在這附近和飼主走散了吧？然後被食物的味道吸引，進而迷路到這裡來。

「等等再幫你找回家的路喔。」

是很麻煩，但不能放著不管。

我仰望天花板，稍微發出一聲嘆息，接著又看向狗狗。

「…………」

「汪嗚？」

「汪！」

「……………………」

「汪嗚？」

「汪呼！」

（數量怎麼變多了？）

狗狗的數量增加了。

等、等等，不對。正確而言，是「像狗的人」增加了！

「汪汪！」

出現了一個身高格外修長的犬獸人女孩子。

明亮的金色頭髮、狗狗般的耳朵與尾巴。伴隨著親人的笑容，簡直像是黃金獵犬化身成人類一樣。

「哎呀～怎麼了怎麼了？狗狗？」

「貴大，你認識他們？」

「不，才不認識。兩邊都不認識。」

「那他們是誰呀？」

凱特從廚房裡走出來，和薰一起凝視著狗狗。

而後像狗的女孩綻放笑容，對我們開口說道：

「人家叫做克露米亞！」

「克露米亞？」

「這孩子是小金！」

「汪！」

兩邊都是沒聽過的名字啊。

而且聲音比想像中的還稚嫩。體型雖大，但似乎還是個小孩子。

我有聽說過，獸人之中也存在著這類種族。體型會優先長大，心智則會符合年歲慢慢成長。

如此推敲的話，這孩子的年齡或許只有十歲左右——

「謝謝你幫人家找到小金！」

「啊？」

「人家剛剛在找小金，謝謝你！」

「沒有，我也沒特別去找。」

我沒幫忙找，也沒有暫時照顧狗狗的意思。

只是這傢伙迷路跑進店裡來而已。我正打算這麼解釋時……

「人家想報答你！」

「什麼？」

「報答！跟人家來！」

我尚未開口，克露米亞就牽起我的手。

我的褲子也被名叫小金的狗強硬拉扯過去。

「等、等等啦。」

「汪嗚！」

「喂，我說等一下。」

「汪汪——♪」

興高采烈的一人一狗，根本沒把我的話給聽進去。

他們搖晃著尾巴，打算把我帶往某個地方。

「那個，我說啊……」

我再怎樣也不可能乖乖跟著他們走。

等等還有工作要忙，偷懶的話我家的女僕也會很囉唆。

「有什麼關係，你就跟他們去嘛。」

「薰？」

「小優米那裡，我再跟她解釋清楚就好了。」

「不，可是啊……」

————嗯？

聽起來好像不壞喔？

仗著接受謝禮這堂堂正正的理由，不就能正大光明偷懶了嘛！

沒錯，這樣非常好！嗯嗯，絕對該這麼做！

「好，那就拜託妳了！」

「好的——」

我留下微笑著的薰，離開了「滿腹亭」。

不知道會被帶去哪裡，也不知道要做什麼。不過，這兩隻完完全全就是人畜無害的狗狗們，也不像是什麼新型的拉客手法。

「汪、汪、汪汪～♪」

克露米亞興致高昂，我被她牽著手，一面樂觀地思考。

再怎樣出差錯都不會太糟吧，我當時是這麼想的——

—3—

「克露米亞！妳這孩子真是的！」

結果才開始一秒，就降下了落雷。

才剛踏入庭院，怒吼聲就飛了過來。

「妳到底跑到哪裡去了？偏偏還是挑這種時期！」

格蘭菲利亞的下級區，這裡可謂城市裡最雜亂無章的區域。

住宅、商店、花街柳巷與奴隸市場。港灣、貧民街、路邊攤販的街道和汙水處理廠。

這種混亂景象，其他區域根本無從相比。一旦迷路就走不出巷子了——下級區裡也有這種說法。

位於下級區一隅的「布萊特孤兒院」，我現在就站在此地無法動彈。

「我今天早上不是才說過，妳不可以離開家裡嗎！」

「嗚嗚～……」

（是孤兒院的員工嗎？）

三十歲左右的修女正把我晾在一旁，斥責著克露米亞。

然後，克露米亞和小金只能把尾巴夾在腿間，發出可憐兮兮的聲音。

「現在大家應該要互相幫助，注意周遭才行！」

我雖然就站在旁邊，修女卻完全沒注意到我。

應該注意周遭的是這個修女才對吧？算了，也沒差啦。

「那個……」

「有什麼事嗎！……啊，哎、哎呀？」

再這樣放任下去不知道會拖多久，我終於出聲詢問。

修女頂著張怒容轉過頭來，瞬間轉為困惑，而後為了掩飾開口問：

「請、請問您是哪位？來孤兒院有什麼事情嗎？」

「不是，有事的不是我。」

「該、該不會是！」

「？」

這次是「唰！」地架起備戰姿勢來。真的越來越搞不懂這個人了。

我本來是來接受答謝的，為什麼會變成這樣？

「那個，該怎麼說呢……」

我也不明白究竟該從何解釋才好，總之先開口說點什麼吧。

然而，克露米亞和小金早已搶先一步，擋在我前方。

「不是的！不是啦！這個人是好人！」

「汪汪！」

「他把迷路的小金找回來了！」

「汪！」

「哎、哎呀？」

正確而言有點誤差，不過對他們來說，事實似乎就是如此。

狗狗護著我，汪汪汪地吠叫。修女見狀後面露愧疚，慌張起來。

「哎、哎呀哎呀。真是的，我、我實在是，我都做了些什麼啊。」

我才想問妳在做什麼。

「總、總而言之！如果是這樣的話，該好好道謝才行呢！」

「汪！」

「請進吧。來來來，請進……」

或許是在掩飾害羞，修女的音量莫名大聲。

得到修女和恢復笑容的克露米亞的邀請，我走進孤兒院裡。

「於是貴大先生就暫時照顧小金了對吧？」

「就結果而言，好像是變成那樣了沒錯。」

「真是太好了。克露米亞能遇到這麼善良的人，想必是受到眷顧了呢。」

「汪♪」

附屬於小型教會，規模同樣微小的「布萊特孤兒院」。

身為院長的修女——露朵絲一面將點心遞給我，面露微笑。

「所謂善行，並不是想累積就能累積的。人與人之間的緣分也是如此。」

「是喔……」

「主啊，感謝祢讓我們與這位善良的年輕人相遇。」

「汪嗚～！」

相當符合教會附屬孤兒院該有的風格，修女與克露米亞貼實雙手，做出禱告的手勢。

感、感覺有點難為情啊。我明明真的什麼事也沒做。

「話說回來，真的是幫了我們大忙。」

「咦？」

「這孩子多少有點淘氣的地方，要是沒找到小金，不知道她會跑到什麼地方繼續找。」

「這樣啊。確實給人這種感覺。」

被我們盯著瞧的克露米亞，反射性露出笑臉。

這名露出天真無邪笑容的孩子，確實可能會那樣，畢竟她竟只是個九歲幼兒。

和我猜想的一樣，是成長速度飛快的種族，只是沒料到和我竟然差了將近十歲。這麼年幼，也難怪修女會擔心。

「飛奔出去的克露米亞能夠這麼快回來，我真的是鬆了一口氣。因此，貴大先生，我們想報答你。」

「不不不，真的不用啦！」

「可是……」

「所以我說不用啦！我又沒做什麼偉大的事。」

「啊啊，多麼寬容啊！主啊，善良的年輕人就位於此地……！」

我才剛回絕，修女又再度向神祈禱了。

露朵絲小姐看來滿懷感激，但我真的不是在謙虛。

（畢竟經營這種地方似乎很辛苦啊。）

外牆出現裂痕，彩繪玻璃有著修補過的痕跡。踏在走廊上就會發出擠壓的嘰呀聲，路過的房間裡除了桌椅外什麼也沒有。端出來迎客的茶水感覺反覆回沖過，點心說穿了也只是混著雜穀的餅乾。

我當然不可能從這種狀態的孤兒院裡索取謝禮。

假設接受了，也只會讓自己坐立難安而已。

「真的用不著在意。」

「謝謝，謝謝……」

對於我的顧慮，修女甚至撲簌簌留下了眼淚。

聽來確實有點誇張，但就是這麼現實面的事情吧。面對苦於貧困的修女，我進而打算提出捐款，不過……

「不准欺負修女～！」

「離、離媽媽遠一點！」

「嗯嘎！」

我還沒伸出手，後腦杓就遭到全力重擊。

「你、你們是誰啊！」

我回頭一看，是一群拿著掃把和擀麵棍的小孩子。

這群小不點們不知為何因為憤怒而扭曲面容，朝我襲擊過來。

「你這壞蛋！壞蛋！」

「等等，給我住手！」

「滾出去——！」

「你們這些傢伙到底在幹嘛啦！」

我被團團包圍，慘遭毒打一頓。

露朵絲小姐見狀也慌張起來，發出悲鳴般的叫喊。

「真是的，孩子們！你們到底在做什麼啊？」

「可是，修女！這傢伙也是管理員對吧？他不是把修女弄哭了嘛！」

「並不是這樣的，這個人不一樣！」

「哪裡不一樣！這個大叔看起來就一副壞人臉啊！」

「大叔……？」

「汪嗚！」

「做什麼啦，克露米亞！妳難道要站在壞蛋那邊嗎？」

「汪嗚！汪嗚！」

暴動的孩子們。

試圖控制場面的修女。

以及被稱作「大叔」，其實還滿受傷的我。

直到全員終於能冷靜下來對談為止，花費了不少時間。

「真的非常抱歉！」

「「「對不起～！」」」

「汪嗚汪嗚～」

「沒關係，我真的沒事喔。真的。」

孩童和狗狗在狹窄的房間裡又跑又跳。

不論是房間還是人們都看起來破爛不堪，我的心靈也一同變得破爛不堪。

「只是沒想到，竟然會把我誤認成管理員……」

我還真的沒料想到會被誤認成那些人。

管理員——正確而言被稱作「區域管理員」，換句話說就是政府機構的官員。

「我可不是那麼偉大的人喔。」

像我這麼懶散的人，哪有可能是行事認真的官員呢。

我一邊心想，笑著對小鬼們說道。只是——

「不。和那些官員相比，貴大先生就彷彿聖人一樣。」

和我的預料相反，露朵絲小姐苦澀地說出這句話。

「對啊～！那些傢伙打算把我們從這裡趕出去！」

「汪汪！」

「也一直在找我們麻煩！」

「啊？咦咦？」

我當下以為自己聽錯了，孩子們卻一同嚷嚷起來。

可是，不會吧，照理說不會發生這種事才對。對方好歹也是公務員喔。

這種走向，我至今為止聽都沒聽——不對，有聽過！

「該不會，你們非法侵占這間建築物之類的？」

「並沒有這回事！這間孤兒院已經持續經營了五十年，是擁有正統淵源的孤兒院！」

「咦？那又為什麼會……？」

「是這樣子的。」

不明瞭詳細狀況的我滿是困惑。

對於這樣的我，露朵絲小姐露出難以言喻的表情，正打算開始解釋時——

「喂，是怎樣啊？這間破爛孤兒院，連迎接客人都不會嗎！」

一聲連建築物都為之震動的大音量。

露朵絲小姐聽見這吼聲的當下，趕緊閉上嘴。

「你們躲到哪裡去了！啊啊？」

腳步聲震盪響徹。

我看向四周，孩子們都因恐懼而僵在原地。

（到底怎麼了……？）

搞不清楚現況的就只有我一人。

有股不好的預感，但還不清楚對方的真面目。

（到底是誰來了？）

我看向門口。接著，立刻有人踹開門扇——

「喔喔，竟然傻愣在這種地方啊！」

出現了很明顯不像是正派人士的人！

（等等，這是黑道吧啊啊啊啊啊！）

不要啊啊啊啊啊！是黑道啊啊啊啊啊啊！

這姆係純度百分百的黑道嗎！是安怎黑道會跑來這款所在啊！

（不、不行。腦袋開始混亂了。）

還不小心變成假關西腔了。

不對，等等，為什麼黑道會跑來孤兒院——？

露朵絲小姐徒留下更加混亂的我，站到黑道面前。

「請問有什麼事嗎，弗姆管理員？」

管理員？他不是黑道，是管理員？

（結果是超級正派的人嗎！）

頂著一張威嚴的容貌，弗姆發出滿是魄力的聲音。

「喂喂，可別裝傻喔！今天非得做出讓我滿意的回答才行喔！」

「無論你來幾次，我們的回答都一樣！」

「就算這麼說，妳看起來也像是拐到男人了啊。」

「你說什麼？這、這話太失禮了！」

「既然妳都已經在出賣身體了，那問題不就更好解決了？快成為米凱羅提老爺的小妾吧。只要乖乖聽話，給孤兒院的資金援助也會恢復正常。」

「夠了！別在孩子面前說出那種骯髒的話……請回吧！請你回去！」

「喔喔，好可怕，好可怕喔。算啦，就先這樣吧。無論怎樣，只要妳不答應成為老爺的小妾，我們就會毀了孤兒院。今天只是來告訴妳這件事的，好好思考今後該怎麼應對吧。最好連旁邊那群小鬼的處境也一起想清楚……就這樣啦。啊哈哈哈！」

有著黑道風貌的管理員得意地離去。

眼前留下崩潰啜泣的妙齡女性，以及含淚圍繞在女性身邊的孩子們。

（好厲害……那個……該怎麼說呢……）

好久沒見到這種典型的惡棍了。

只憑這副光景，也能理解到孤兒院的處境背景。我不禁覺得很疲憊。

「唉唉……」

稍微想呼吸點外頭的空氣，我走出房間，前往庭院。

外頭的天氣明明放晴，這一帶卻黯然失色。氣氛好沉重。

「總覺得啊……」

這裡雖然是異世界，但不是樂園。

會發生這種遭遇，想必也存在著更加嚴重悽慘的事件。

然而，當事實攤在眼前時，果然還是會讓心情鬱悶起來——

「嗚～……」

「嗯？」

我待在庭院裡陷入沉思，克露米亞蹣跚走了過來。

這孩子失去了笑容與精神，肩膀和尾巴沮喪地垂落，她發出細細的聲音。

「對不起……」

本來想答謝，卻反而讓我遭遇不得了的場面。

她應該是在為此道歉吧。克露米亞露出滿是歉意的神情，停留在與我不即不離的位置。

「沒什麼，別在意啦。這不是妳的錯啊。」

「對不起……」

她嗚咽地噙著淚水。

即使如此，她仍持續致歉——

「唉。」

於是我嘆了口氣，如此回應。

「我說啊，妳知道我在從事什麼工作嗎？」

「咦……？」

「萬事通。顧名思義，就是什麼工作都做。」

克露米亞因為我突如其來的話題而呆滯。

這也不能怪她。換作是我，突然聽見這種話，也會露出同樣的表情。

只是，並不是這樣的。我會這麼說，是有意義的。

「妳知道嗎？萬事通就是什麼都做。」

「……？」

「我們會完成客人要求的事情。妳明白這是什麼意思嗎？」

「……！」

聽到這裡，克露米亞終於恍然大悟。

出自驚訝而瞪大雙眼，露出難以置信的表情——

即使如此，她仍輕聲對我說道。

「救救我們……」

克露米亞頻頻顫抖，按捺不住叫出聲音。

「拜託你，救救媽媽！」

「我知道了。」

克露米亞潸然落下眼淚。

我伸手摸摸她的頭，只留下這句話。

「總之，妳稍微等我一下吧。」

而後，我暫時離開了「布萊特孤兒院」。

徒步在夕陽逐漸西下的街道上，離開下級區，回歸中級區——

接著，從事務所的方向走進家門，對裡頭的人出聲。

「喂~我回來啦~」

「……花費了很多時間呢。該不會，您處理完了所有工作嗎？」

優米爾停下手邊的文書工作，前來迎接我。

瞧著仍舊面無表情的女僕，我簡短回應。

「不，接下來才要開始動工。優米，跟我來一下。」

「……我明白了，主人。」

聽我呼喚，她什麼也沒追問就開始準備外出。

儘管我覺得她老是那張撲克臉也很有問題，然而優米爾那不太追問細節的性格，我並不討厭。

—4—

奔馳。奔馳。奔馳於夜晚的街道。

無聲無息地奔馳而過，如影子般融入黑夜，時而飛躍至屋頂上。

接著抵達王貴區中央，我在特別高聳的鐘樓間停下腳步，用手輕輕貼上耳邊。

「潛入成功。妳那裡情況如何？」

『……沒有問題。視野良好。ＯＶＥＲ。』

「我說啊……算了，巡邏隊的情況怎樣？」

『目前沒有發現特別的變化。OVER。』

「那尾語詞是我開玩笑教妳的，妳沒必要一直講啦！真是的，那就拜託妳持續警戒啦。」

『……了解。OVER。』

「唔唔……！妳這傢伙真的是……！」

到底是不懂得變通，還是純粹在耍我啊？

從利用通話技能【呼叫】傳遞過來的無機質聲音中，實在無法做出準確的判斷。

「哇哇，糟了。」

現在可不是被玩笑話吸走注意力的時候。這裡已經是敵方陣營了。

我一面按住嘴，警戒四周，並透過自己的雙眼打探巡邏隊的動靜。

「不愧是貴族。占地莫名大呢。」

從鐘樓上方鳥瞰街道。

自我視野拓展而開的，是王公貴族所居住的王貴區風景。

街道寬廣遼闊，建築物富麗堂皇，矗立而建的王城即使位於遠處也能感受到其威嚴。接下來即將潛入的貴族豪宅，想必也是格外巨大又豪華。面對這與下級區、中級區儼然處於另一個世界的街道景色，我反而感到厭煩。

「啊。警備兵也帶著狗啊。除此之外也有陷阱。」

從鐘樓飛越到屋頂，我察覺到警備狀況，抵達米凱羅提的宅邸附近。

不出所料是間巨大豪宅。無論是外庭還是宅邸內，都充斥著警備。

「看起來花了超多錢耶。」

我果然只先覺得厭煩。

明明只要換間比較小的房子，就可以節省更多開支了耶。

啊，不過，米凱羅提似乎是伯爵的樣子。想必需要與地位相襯的房子吧。貴族之間也必須藉由屋宅往來。

「不行，集中精神、集中精神。」

我將分心的思考導回正軌，利用【夜目】探查別墅。

看得見，全都能看見。即使身處在黑夜，我仍能看得一清二楚。

誰做出什麼動作，哪裡發生了什麼事情，甚至是人們的行為舉止，全部、全部——

「很好。」

大致有了脈絡，也確認好方向。

我找到一條較無危險的路徑，能夠潛入米凱羅提宅邸。

「畢竟想要避免交戰啊。」

其實就算被發現了也無所謂。

若要戰鬥的話，刻意現出身影，大舉搗亂一番也好。

然而這次情況有異。本次的目的並非「殲滅敵人」而是「讓敵人改過自新」。因此有必要掩人耳目以達成目的。

我理想中的走向是：「早上醒來，米凱羅提變成善良的人了。從此以後，他為了民眾鞠躬盡瘁。可喜可賀、可喜可賀。」能呈現這種結果最好。要是過程中被人撞見了，會被懷疑是小偷做了什麼。

我終究還是希望米凱羅提能夠自然地、透過自我意志悔改他自己的惡行。

為此，才會策劃這場潛行任務。

「好啦～給我等著吧，惡吏貪官。」

我飛越高聳的鐵柵欄，無聲無息地潛入米凱羅提宅邸。

當初聽完修女的說法後，本來想直接把這傢伙剁成絞肉，但那麼做也無濟於事。像這樣的人渣多得數不清，何況我也不想要暗殺人。

因此才打算讓米凱羅提改過自新，只是——

（糟了，好像有誰過來了。）

王貴區的警備相當森嚴。

主要幹道上有巡邏隊，別墅庭院內則有警備兵，戒備可說是固若金湯。

相較之下，別墅內部則較為鬆散——我本是這麼認為，但米凱羅提的房間裡似乎有其他人在的樣子。

（對方醒著，而且還握有武器。是保鑣嗎？）

映照在我視界裡的【雷達】無法看得更詳細。若有生物反應則會發出亮光，但無法辨清對方的姿態。

「那就使用這招吧。【透明人】。」

低聲說完後，我的身體就消失了。

然而，我仍站立在原地。差別只在於身體變得透明，包含我自己在內，無人能透過肉眼看見我。

「就用這招，馬上讓對方睡去吧。」

保持透明型態的我摸索口袋，從中拿出「睡眠球」。

敲碎這道具，裡頭就會噴出催眠瓦斯。只要使用這個，哎呀，事情就能安穩收尾了。如果，只是如果啦，要是對方持有能防止陷入【睡眠】的道具的話——

船到橋頭自然直，到時候再說吧。

看是擊中要害還是擊中哪裡都好，快點讓米凱羅提那群傢伙睡覺覺吧。

（好啦，開始吧！）

大名鼎鼎的貴族，聲名遠播的紳士，清廉潔白的米凱羅提。

其真面目卻是企圖藉由權勢強硬威脅女性就範的人渣，勢必得讓這傢伙徹底悔改！

我輩固決心，毫不遲疑地展開行動。悄悄打開門，潛入房間內部——

我在那裡目睹到讓人啞口無言的景況。

「喝喔！喝喔！喔、喔喔喔！更多，再來，繼續鞭打我吧啊啊啊啊！」

「喔——呵呵呵！肥豬！你喜歡這樣對吧，骯髒的肥豬！」

啪咻！啪咻！

「噗咿咿咿！」

「是這裡對吧！你喜歡這裡對吧！肥豬！」

啪咻！啪咻！

「噗咿咿咿咿咿！」

有隻肥豬——名叫米凱羅提的肥豬。

肥豬趴倒在地上露出屁股，身穿情趣束縛裝的女人拿著鞭子奮力抽打他。

挨打的肥豬反而越來越欣喜，眼淚和口水濺撒在房內四處。

「喔——呵呵呵！」

「噗咿咿咿咿咿～～～～～！」

「喔——呵呵呵呵呵！」

「噗咿咿咿咿咿咿咿咿咿咿～～～～～～～！」

『……主人，再過二十秒，【透明人】的效果就會解除。』

「……啊！」

眼前光景超越了理解範圍，我的意識不小心跑到別的世界冒險去了。

所幸危急時刻被優米爾的聲音拯救，我豎起拇指。

「優米，真是優秀的助攻！」

『……能幫上您的忙，深感榮幸。』

「接著是那邊的變態們！接招吧！看我的『睡眠球』啊啊啊！」

房間裡如同預料充斥起催眠瓦斯，很快就聽不見肥豬的鳴叫聲了。

使用【掃描】來尋找暗門與金庫，再用【開鎖】將其開啟。

從那裡找出祕密帳冊以後，我透過【呼叫】與優米爾聯繫。

『……S或M的角色，米凱羅提似乎兩邊都可以擔任呢。』

「我並不太想知道那種事。」

『……是嗎，真是失禮了。』

原來那傢伙不只想玩弄女人，也想被玩弄得亂七八糟啊。

到底是怎樣的變態啊。果然還是徹底教訓一下那傢伙比較好嗎？

（不、不行，不可以這樣做。要忍耐、要忍耐。）

米凱羅提這副模樣，也不過是隻沒什麼前科的肥豬而已。

為非作歹也是最近才開始，似乎是被壞朋友唆使的樣子。

如果是這樣的話，我還是希望他繼續擔任管理員。希望他能繼續作為下級區管理員的統率者。

當然，前提是必須先給予他嚴厲的警告。

將他藏匿的醜聞全數倒出，並用墨水在牆上寫下這些字：

「沒有下次了。」

寫完字句，我將筆刷扔到一旁。

「好啦。」

『……結束了嗎？』

「是啊。嗯，這樣就行了吧。」

『……畢竟他本身還算是善類。』

「而且也有改過自新的餘地嘛。」

我一邊說著，甩甩手，移動到窗戶。

然後，從敞開的窗戶裡跳了出去，循著原路折回去。

「……您辛苦了。」

「嗯。」

持續奔跑了近十分鐘左右。

我跳到圍繞著王貴區的城牆上，在那裡與優米爾會合。

「……相當傑出的行動。目前，尚未收到任何警備兵的通報。」

「嗯，身為斥侯職，差不多也就這樣啦。」

「……可是，如果要回家的話。」

「沒錯。要徹底維持隱密行動嘍。」

語畢，我抱起優米爾，朝著位於反方向的上級區一躍而下。

理所當然，無聲無息地安全著陸。沒有被任何人撞見，就這麼踏入巷弄裡。

「要走嘍。」

「……是的。」

在陰影處放優米爾下來後，我們朝著家裡的方向奔跑。

景色飛騰般流逝。肉體彷彿比羽毛還輕盈，不過，卻強而有力地躍動著。

體會到這種感受時，我總會湧上一種想法。

（這個世界真的就像遊戲一樣。）

某天，我突然墜入並迷失在這個世界。

酷似「Another World Online」的世界。

存在著等級、存在著魔法，也棲息著魔物的這個世界——

不知為何，在這個世界裡，我擁有和進行ＶＲ遊戲時相同的力量。

（等級封頂的暗殺者啊……）

並非普通的高中生，也不是現今時代的懦弱年輕人。

現在的我是等級兩百五十級的斥侯職種，連神也能殺掉的「制裁者」。

別提一介惡劣貴族，只要我有那個意思，也能擊潰整個王貴區。

（我果然還是搞不懂啊。）

為什麼會變成這樣，這個世界究竟是怎麼回事——未知的事情不計其數。

想釐清的問題明明堆積如山，但握有這股莫名力量的我，無法對陷入困難的人坐視不管。

要是我擁有垃圾渣滓般的性格就好了，這樣一來絕對能過著比現在更輕鬆快樂的生活，只是……

「唉唉。」

我辦不到，同樣，我也不是成為英雄或國王的那塊料。

所以我盡可能掩人耳目地展開行動——

總是像這樣躡手躡腳，在巷弄裡四處馳騁。

—5—

「真的很不可思議，對不對？」

「喔啊。」

「沒想到那個米凱羅提，竟然會跑來這裡懺悔……」

「是啊。」

自那天夜晚後又過了數天，我帶著優米爾上前拜訪「布萊特孤兒院」。

在那裡遇見露朵絲小姐，聽她說了這些話——

看來事情進展得相當順利。效果超群，米凱羅提應該是「悔改」了。

「這想必也是神明的旨意。」

（雖然對米凱羅提那傢伙而言，這是惡魔的陰謀才對。）

他那戒備森嚴的豪宅可是遭受入侵，被大亂一番。

我留下「沒有下次了」的警告，米凱羅提多半不清楚究竟該解讀成攸關性命安全的危害，還是打算告發他的惡行罪狀。

因此也難怪他會立刻斬斷孽緣，向露朵絲小姐謝罪。

米凱羅提順勢到教會懺悔，那副瑟縮發抖的模樣宛如浮現在我眼前般鮮明。

「總之，事情就這樣告一段落啦。」

與露朵絲小姐分別後，我伸伸懶腰，眺望庭院。

孩童們精神洋溢地四處奔跑，展現出先前未有的生氣。

「唉唉，真是的。」

我吐了口氣，從肩膀的部分開始逐漸放鬆。

有種如釋負重的感覺。今後，這間孤兒院就沒問題了吧。

「啊，貴大！」

「嗯？」

杵在原地的我，忽然被人從後方摟抱住。

感覺體型有點巨大。什麼嘛，是克露米亞啊。

「貴大～！汪汪汪汪！」

「等等，妳冷靜點啦！」

克露米亞極為興高采烈，瘋狂搖晃尾巴，糾纏住我不放。

不遠處的小金也飛撲過來，我就這樣被兩隻大型犬推擠得一蹋糊塗。

「停下來，嗚噗，等、等等，嗚哇！」

啊——沒轍了。他們暫時是不會收手了。

小金舔得我滿臉，克露米亞不斷擁抱上來……

「啊～……」

五分鐘？還是十分鐘？

究竟會被糾纏多久，我已經做好了覺悟，只是——

不知怎的，克露米亞從我身上離開，開始忸忸怩怩地晃起身體。

「啊？這次又怎麼了？」

「那個啊，人家啊，你聽人家說喔。」

「嗯。」

她好像想說些什麼，氣氛不算糟。

克露米亞不時瞥向我，面色欣喜。

到底是怎麼回事呢？啊，該不會，她是想為米凱羅提的事情道謝吧？

「那點小事沒什麼啦……」

只是舉手之勞而已。

我正打算這麼說時——

啾。

某種柔軟觸感貼上我的臉頰。

「貴大，謝謝你！」

克露米亞給了我一個吻，綻放出燦爛笑容，朝庭院奔跑遠去。

從她的表情上，煩惱一掃而空，晴朗舒暢。

「……………」

該不會，她是打算把剛剛那個當作工作的酬勞嗎？

懲治惡劣貴族的謝禮，就是個九歲幼兒的吻？

「唉，算啦。」

我一笑置之，轉身離去。

偶爾發生這種事情也不壞。偶爾接受這種報酬也不錯。

我一面如此心想，抱持格外清爽的心情離開了孤兒院。

「……主人，您很偉大喔。」

「嗯？」

「……助人是非常優秀的善舉。」

「嗯，也對啦。」

優米爾不知從哪兒現身，道出有關本次事件的話語。

她照舊面無表情，然而我猜想她應該也心滿意足。只要我做出什麼善行，這傢伙似乎就會為之喜悅的樣子。

因此優米爾甚至還說出這種話——

「……今天吃大餐吧。我準備了很好的肉。」

「喔！太好了。」

「……請您大吃一頓，好好休息吧。」

「太好了，太好了！」

滿心雀躍，我幾乎要手舞足蹈起來。

很好很好，累積善行是會有所回報的啊！

如果有這種展開在等著我，做白工也不壞——

「……畢竟明天還有工作在等著您呢。」

「唔咕！」

處理完一件工作，下一份工作就會緊接在後。

可以的話我不想勞動，基本上只想待在家裡慵懶打混——

然而，這似乎是無法實現的夢想。

無論何時都面無表情。

優米爾

妖精種族的少女。
容貌秀麗，
美中不足的是面無表情。

年齡
14歲

性別
女

種族
妖精種

等級
100

職業
「戰鬥女僕」

自由人生

異世界萬事通奮鬥記

第二章 教導我吧！佐山老師篇

—1—

在這個世界裡，所謂的強悍是一種能力值。

強悍的戰士、強悍的魔法師。

大眾會對這些人另眼相看。即使又窮外貌又難看，只要擁有強悍這項特質，就能得到特殊待遇。

畢竟，這裡是宛如遊戲般的世界。再怎麼有錢，或是置身於上流社會，只要本身是等級低下的廢柴就不會被當成傑出之人對待。

正因如此，各國都對教育傾盡心力。例如提昇等級、教授技能，謀求全面性提昇數值的方法。

為此，伊森德王國內也四處興建起學校——

在這之中，「格蘭菲利亞王立學園」尤其特別。這所學校位於王都的核心區域附近，在

全大陸中也以首屈一指的名門學校盛名遠播。

總之，我認為這也是理所當然。

優秀的教師陣容、充實的設備，甚至具備練習用的地下迷宮，就連校舍的外觀也奢華無比。我至今為止從沒見過如此高水準的學校。總覺得到校就讀的學生們，臉上神情各個看來凜凜可威。

不愧有股名門學校之感。遠方那座鐘塔也確實散發出歷史之情——

不，那種事怎樣都好。

問題在於，為什麼我會在這裡。

為什麼我會突然站在這所學園前？

頭髮梳理整齊，剃掉邋遢的鬍子，穿上平整無皺紋的襯衫——

為什麼我會一副在校就職的打扮？

（不對，我明白原因，我很清楚。）

我回想起前幾天那可恨的嚴重失態。

那無疑是擾亂我慵懶生活的元凶。

—2—

我還記得，那天非常炎熱。

是適合搭配冰涼啤酒的日子。我比預期的時間還要早結束工作，到「滿腹亭」喝了幾杯酒。

「喂，薰——再一杯啤酒！」

「來啦——」

心情當然好到不行。因為工作突然取消了嘛。

委託方因為私人狀況而忽然中止委託，我可是滿心希望他們盡情取消。

「來，久等了！還有這個是附贈的喔♪」

「喔喔，謝謝啊！」

而且附贈的下酒菜也很美味。

炸小魚和薯條、加入香草製成的香腸以及放涼的普羅旺斯燉菜，除此之外再更加搭配一道日式小菜。我的心情更加愉悅了。

「啊~真好吃。薰那傢伙，手腕又進步了啊。」

把食譜交給她，真是值得了。就像那盤煎蛋捲一樣，最近店裡也漸漸端出了日式餐點。

餐點上桌的時機總是很巧妙，我不禁點了些平常不習慣喝的酒類。

「呼——接下來來喝喝看葡萄酒好了。」

雖然說出這種話，其實我已經醉了——

我忽然發現，店裡好像出現了個奇怪的客人。

「怎麼辦，該怎麼辦才好？啊啊，啊啊——」

我所坐的吧檯位置，角落有名金髮戴著眼鏡的知識分子正在抱頭呻吟。不知道他發生了什麼事，但看得出來被逼到絕境了。擺在那人前方的啤酒已經沒了泡沫、料理也都涼了，他卻渾然不覺。

「我、我明明說我辦不到了……！但是、但是前輩卻……主任也是，就連副校長也一起……嗚嗚嗚！」

知識分子小哥幾乎眼淚都要流出來了。

看起來未免也太陰沉悲哀，於是我決定向他搭話。

「喂喂，發生什麼事啦？」

「是的！你、你有什麼事嗎……？」

眼鏡仔像是小老鼠那樣發出顫抖，彰顯出警戒心。加上他那副娃娃臉，我甚至開始認為自己做了什麼壞事。

因此我更加友善地說出自己的來歷。

「我嗎？我不是什麼可疑人物啦。你看，外面旁邊那家萬事通，我在那裡工作。」

「萬事通？」

「嗯？喔，對啊。」

話才說到一半，眼鏡仔突然湊近我。

他的眼神閃閃發亮，像是在求救般糾纏過來。

「既然是萬事通，那就代表你門面很廣對吧！」

「是、是沒錯，我是認識不少人。」

「啊啊！天啊！那、那麼，請問你認識擁有【迷宮探索】技能的冒險者嗎？」

「【迷宮探索】？那種技能是基本中的基本吧。我也會啊。」

所謂【迷宮探索】，是可以在迷宮內提昇各種能力的被動技能。光是持有技能就能提昇感官敏銳度，更加容易察覺到陷阱和寶箱，製作迷宮地圖也會更為順利。對斥侯職種而言算是非學不可的技能——

「你、你說你擁有那個技能是嗎？【迷宮探索】！」

「是啊，我有。【製作地圖】、【逃脫】、【陷阱迴避】，這些我也有喔。」

「喔、喔喔……天啊……太厲害了……！真是太厲害了……！」

眼鏡仔緊抓住我的肩膀，眼淚像是滂沱大雨一樣撲簌簌流下來。

他用手帕拭淚，慎重地斂起神色，對我說道：

「你剛剛有提到你從事萬事通的工作對吧？」

「嗯，是啊。」

「那麼，我想委託你。」

「哦——請說吧請說吧！」

「可以麻煩你擔任學園的講師嗎？」

「學園的……講師？」

要說這附近有什麼學園，大概就是附近學生就讀的「米爾波瓦學園」了。附近鄰居的大姊告訴我，所謂的講師說實在的還比較像是保母。供應午餐，有睡午覺的時間，工作還挺輕鬆的。

我想起那個大姊的說法，心想這份差事還不錯嘛。

這說不定是份可以讓我悠閒自在的工作。

因此我沒多加思量就答應了。還自信洋溢地拍拍胸脯，放話說交給我吧。

「喔！交給我吧！全～部都交給我吧！」

「是、是嗎！你願意接下這份工作嗎？非常感謝！」

「沒什麼啦～這世界就是能者多勞！有困難就該互相幫助！哇哈哈！」

「哎呀～真是太好了！沒想到才剛調任到這裡不久，就能遇到像你這麼善良的人！」

「別這麼說啦，這樣我會害羞啦！哈哈！」

「你用不著謙虛，哈哈哈！」

眼鏡仔前一刻的消沉模樣不知跑哪兒去，喜色滿面地拿起啤酒杯。

我也拿起酒杯想乾杯，才發現酒杯已經空了，於是又呼喚了薰。

「薰～！酒！再來一杯酒～！啊，順便再拜託妳拿點下酒菜來～」

「啊，我也要再來一杯酒！」

眼鏡仔一鼓作氣喝乾酒，加點了新餐點。

這飲酒的氣勢真不錯。我可不能輸。

「乾杯！」

「乾杯！」

「為我們的相遇乾杯～！」

「我們的夜晚才正要開始呢……！」

我們相互拿起酒杯，飲乾啤酒，度過了愉快的時光。

那個時候，只有那段時光，確實令人心情喜悅——

「……主人。」

「唔，咕，唔唔～」

「……主人，該起床了，主人。」

下一次回過神時，有人在搖晃我的身體。

我發現外頭天色已經轉為明亮。不過，還是好睏。我睏得要命。好想睡覺。

於是我裹緊毛毯，抱持睡回籠覺的決心把身體縮成一團【緊急迴避】！

——咚滋！

「唔喔喔喔喔喔喔喔喔喔！」

迴避技能自動發動，我的身體滑開。

接著，我身體原本所在的位置，多了個漆黑粗野的鐵球——

「……早安，主人。」

優米爾一如既往，向渾身雞皮疙瘩的我道早安。

這麼恐怖的女僕，我心想絕對要對她抱怨幾句，沒想到……

「……事發突然，有客人。」

「啊？客人？這種時間，沒事先預約就過來了？」

「……不，那位客人似乎昨天晚上就和主人約定過了。」

「咦咦！」

我完全沒有印象。

說來，睡著前究竟做了什麼，我一點記憶也沒有。明明如此，約定的對象卻已經在店門口等著我。

「早安，貴大先生。雖然時間還有點早，但我來迎接你了。」

（……這傢伙是誰啊？）

好像在哪見過，又好像沒有。讓人聯想到小狗的童顏小哥，果然給我種似曾相識的感覺。

「……真不愧是主人。您終於理解到勞動的熱忱了對吧？」

我一臉納悶，優米爾突然在我後方說出這句恐怖的話。

在我渾然不覺之間，事情似乎發展成相當不得了的狀態。

（勞動？熱忱？才、才不要！我怎麼可能想工作啊！）

宿醉的惰性也助長了氣勢，我忍不住想當場落跑。

但是，眼鏡仔卻搶先一步握住我的手。

「請跟我來吧，馬車在外面等著了。我們現在就前往學園吧。」

——嗯？學園？

（…………………啊！）

昨晚的記憶忽地在腦內倒帶閃爍。

沒錯，眼鏡仔把名為講師的保母職務託付給我！

既然已經回想起來了，可不能愣在這兒。吃飽睡睡飽吃的生活在等著我！

「是啊，你說得沒錯，我們走吧！優米，就麻煩妳看家了！」

「……您變得令人刮目相看了呢。」

優米爾欣喜地用手帕按住眼角。但是妳沒流淚耶？

先別管那麼多了，反正這樣一來就可以逃離這傢伙的眼線，正大光明地睡午覺啦！

很好……！非常好……！

「出發吧！」

眼鏡仔對侍從發聲。發出敲擊地面的馬蹄聲，馬車啟程了。

「可是該怎麼說呢，竟然是坐馬車前往學園，會不會有點誇張啊？」

「哈哈，你真愛開玩笑。要是用走的，可是會精疲力盡的。」

——從這裡到「米爾波瓦學園」明明只要走十分鐘而已喔。

我感到些許異常，然而不到一會兒，睡意就湧上來了。

「啊，你很睏吧？沒關係，請先睡一下吧，到了以後我會叫醒你的。畢竟昨天喝了那麼多今天還得早起工作，我也很睏，哈哈。」

「對吧？那我就恭敬不如從命。」

我調整成舒服的姿勢，大大吐了口氣。

意識隨即遠去，我陷入恍惚的睡眠之中。

「貴大先生，該醒來嘍。貴大先生，我們到了。」

「嗯？喔、喔喔。」

車程比想像中還漫長。

路途不過就三分鐘左右，卻感覺睡了很久。

儘管如此還是很睏，我一面打著呵欠一面走出馬車。

「呼哈～啊。」

我沒打算遮掩呵欠聲，慵懶地伸伸懶腰。

接著揉揉視線模糊的眼睛，不假思索環顧四周。

「……啥？」

身體不禁僵硬在原地。預料之外的景色讓我連思考也為之凍結。

我手指發抖，指向正前方，沉住氣後終於開口詢問眼鏡仔。

「這裡是……哪裡……？」

「真是的，貴大先生。你還沒睡醒嗎？我們已經抵達學園啦。」

「不是，米爾波瓦學園應該……咦？什麼？」

「你是夢到了什麼嗎？呵呵，這裡是——」

「格蘭菲利亞王立學園」啊。

自眼前擴展開來的白色石板地。裝飾過多到讓人感到愚蠢的校門。深處能瞥見的則是傳聞中的鐘塔吧。

不會錯的，這裡就是傳說中的「格蘭菲利亞王立學園」。有錢人與貴族的匯集地，為育成菁英所建立的學校。

而我則以講師的身分被帶來這裡了！

「喔、喔、喔喔喔喔……！」

混亂瀕臨極限，我只能從口中吐出怪異的聲音。

眼鏡仔毫不在意我的狀況，把我帶往職員辦公室。

—3—

「法蘭莎大人，您聽說了嗎？好像有新老師來到我們學園嘍！」
「啊，我看見了！是走在艾利克老師旁邊的那位對吧？黑髮黑眼的東方男性！」
「我也看見了！確實是東方面孔，但是該怎麼說呢……那個人看起來是不是有點寒酸啊？」
「就是說呀～！艾利克老師為什麼要帶那種人進來呢……真是難以理解。」
少女們七嘴八舌。閒話像是小鳥般喋喋不休，總是對八卦話題充滿興致。
面對這些吹捧並圍繞自己的獻媚者，「她」稍微感到厭煩，穩重地開口說道：
「最重要的只有一點，那就是對方究竟很強悍，還是很弱小？」
少女們愣愣地僵硬住。
或許是在意是否惹對方不悅，少女們立即開始見風轉舵。
「就是呀，法蘭莎大人！您說得沒錯！」

「真不愧是法蘭莎大人！提出如此切入要點的意見！」

雖看得出並非真心，但這種程度的附和諂媚也早習慣了。她沒顯露出厭煩。

身為公爵家的千金，她經常被這類人所圍繞。

「啊，差不多是早會的時間了！那麼就先失陪了，法蘭莎大人。」

早會都要開始了才慌慌張張回到座位上，未免也太散漫了。

她討厭散漫的人，討厭不成熟的人，也討厭無法自律的人。

她——法蘭莎・德・費爾迪南就是這樣的少女。

「那麼～大家，回到自己的座位上～」

「格蘭菲利亞王立學園」高中部，一年S班的班級導師艾利克・弗雷桑袞步入教室。

他是年僅二十歲，卻已精通魔物學、魔法學的一流學者。腕力稱不上好，不過據說只要拿起魔杖就能精巧地操縱電擊魔法。可謂值得尊敬的人物，法蘭莎也對他另眼相看。

如此優秀的艾利克，所帶來的男人究竟有什麼本事呢？

這名細瘦的黑髮男，究竟是何方神聖？

「這位是代替發生事故而請假的葛雷戈爾老師，負責教導各位迷宮實習課程的代課講師，佐山貴大老師。」

學生們開始喧鬧起來，這也難怪。

畢竟可是來了個與強悍的葛雷戈爾完全相反的男性。
雖說是代課講師，但實在無法想像這個人可以代替那名魁武大漢授課。
學生們明顯感到困惑，交頭接耳的音量逐漸增強。
「那麼，佐山老師，請和大家打聲招呼吧。」
「喔、喔喔。各位好，我是佐山。」
這次，整間教室陷入一片寂靜。
這簡潔到極點的語氣是怎麼回事？毫無霸氣可言的聲音又是怎樣？
至少應該介紹一下自己的出身，或是擅長的領域吧？
聽聞這超脫常識的自我介紹，就連帶領代課講師入校的艾利克本人都感到困惑。
「……………」
誰也不發一語，徒有時間流逝。
甚至讓人懷疑這個狀態會持續到永遠——
彷彿劃破靜寂般，一名學生凜然舉起手發問。
「佐山老師，我有問題。請問老師的等級是多少呢？」
發問的是法蘭莎。她眼神中帶有些許嚴厲，打探著貴大的情報。
要在這所學園任教，希望他的等級至少要超過一百級——

「等級？妳問等級啊。我想想，九十多級吧。」

這次，教室內的氣氛真的凍結了。

並非出自驚愕，而是傻眼，誰也無法出聲。

（這種程度竟然也敢過來。）

法蘭莎的心聲可說是代表了在場全體學生的想法。

等級一百級可是用來劃分是否為一流人才的界線。無法超越此界線的人，竟然還打算來教導學子，未免也太狂妄了。

前任教師葛雷戈爾的等級是一百三十級。

年輕一輩的艾利克，至少也超過了一百級。

與之相比，九十級實在是——面對這比自己還低的等級，法蘭莎大失所望。

（真是太愚蠢了。）

豈有被這種人教導的道理在？

令人滿心質疑的新任講師只是若無其事地呆呆佇立在講台上。

「哈、哈哈……那個~別看佐山老師這樣，他可是掌握了【迷宮探索】、【陷阱迴避】、【逃脫】等技能的專家喔。各位，我們好好向他學習吧。」

（哼，嗯？）

艾利克慌忙離開了教室。

他臨走前留下的話語，引起了法蘭莎的興趣。

（乍看之下就是個不可靠的青年啊。）

如果艾利克說的是真話，那可得修改對這個人的評價了。

就算容貌平凡，就算等級低下，只要這名講師有實力就無妨。

（不過前提是他要有那個實力才行。）

也是有人會誇飾自己的能力，憑藉三寸不爛之舌來拉攏貴族。

這名青年也有可能是倚靠這種手段進來——總之先見識一下他的本事吧。法蘭莎心想。

「呃～那麼就開始上課吧……我想想～我還不知道你們的能力標準。整個班級裡最強的是誰？」

貴大嫌麻煩似的開口問道。

法蘭莎聞言，再次舉手回答。

「是我，佐山老師。」

「喔～是妳啊。確實一看就有這種感覺呢。那麼，妳等級多少？」

「是的。我的等級是……九十四級。」

「什麼？」

貴大發出驚訝的叫聲。

接著用手掩住嘴巴，展露出動搖的神情。

「喂喂，騙人的吧……？」

貴大一副無法掩飾衝擊的模樣。這也不能怪罪他就是了。

初次得知法蘭莎等級的人們，無論是誰都會出現相同的反應。

露出無法置信的表情，嚴重狼狽發慌，不斷盯著她瞧。

等級太高了。就一個高中一年級、十五歲左右的年輕人而言，九十四級未免也太高了。

和同年齡的平均等級相比可說是遙遙領先。何止領先，只要再一點就可以到達等級一百級，躋身一流領域。

這等級之高，佐山老師為此面色全無。

他大舉慌張、冒出冷汗的模樣，反倒讓法蘭莎感到有點抱歉。

（我這樣是不是太不成熟了？）

早知道就別做這種嚇唬他的把戲了。

法蘭莎開始自我反省——另一方面，貴大在意的是別點。

（糟糕啦。這下該怎麼辦才好？）

坦白而言，貴大可確確實實是嚇了一跳。

對於法蘭莎的等級之「低下」，他真的驚訝到猝不及防。

明明只要有錢就可以無所不能，竟然才九十四級？

明明在這世界裡，比任何人都受到眷顧，卻只有九十四級？

甚至還是班級內第一名的數值，貴大除了驚愕以外無所適從。

「老師，我的等級是八十級。」

「我是八十五級。」

「我雖然只有七十多級，但會使用火、冰、風系的魔法。」

「真的假的啊……」

貴大忍不住發出哀號。

他差點就想問這群等級八十級左右程度的孩子們：「你們這群傢伙至今為止都在做什麼啊？」

（我家優米至少也有一百級喔……）

受到她拜託就試著鍛鍊她一下，結果只花半年就提昇到那種水準了。

練功地點之好也占有一部分因素，但是只要有心，自然可以提昇到那種程度。

相較之下，八十級、九十級，這等級實在低到讓人心生困惑。

（話說回來，好像有聽說過貴族們會很慎重地提昇等級啊。）

像是狩獵狐狸那樣追趕魔物，再讓自己的小孩使出最後一擊。

貴大本以為那只是街坊的民間故事，想不到意外地有股現實味。提昇等級的效率之差，除了這個理由他想不到其他因素。

「老師，請問怎麼了嗎？上課鐘已經響了喔。」

（少露出一臉洋洋得意的表情！）

法蘭莎一臉從容自在地催促他開始教課，貴大焦躁了起來。

（那個叫做葛雷戈爾的老師到底都在做些什麼啊？）

至少得釐清情報，可惜葛雷戈爾本人不在場。

那也沒辦法，貴大姑且先不管等級，把重點挪到別的方面上。

「那個，我稍微問一下……你們學會了多少技能……？」

「是的，老師。本班學生平均學會十四種技能，學會最多技能的則是我，一共擁有二十一種喲。」

（所以妳在洋洋得意什麼啦！）

戰戰兢兢地詢問對方，法蘭莎則回以預料中的答案和自滿的神情。貴大守規矩地在心中吐嘈，同時把握到學生們的能力值。

（原來如此，學會的技能數量也很少。而且大概都是低階技能吧。）

等級
ドヤァ。。
（其實是）
等級 250

就至今為止的經驗而言，只要知道等級與技能數量，就能大致推敲出當事人的能力。

至於又該怎樣指導當事人，他更早以前就決定好了。

「好啦，那麼，我已經決定好今後的學習方針了！」

學生聽聞貴大這麼說後，紛紛端正坐姿。

不愧是菁英學校，學生教養之好讓人心生好感。貴大居高臨下地宣言。

「我會讓大家在中午前學會三個技能！」

學生們發出不成聲的語句。

聽見這過於不切實際的提案，法蘭莎因為憤怒而身體發抖。

「老師……恕我直言，我不認為這種方案可行。要開玩笑也請適可而止。」

「妳認為辦不到嗎？」

「是的，沒錯。所謂技能，是必須融會知識與實踐兩者才得以學會。竟然要在短短三小時內學會三種技能，根本是說在夢話。」

周圍的女學生像是追隨她般，接連發出「沒錯沒錯說得沒錯」的聲音。

可是貴大面對這些合唱聲浪仍無以畏懼，他也沒抖擻精神，只是平靜地放話。

「該怎麼說呢，你們會認為辦不到也是情有可原啦。不過，可行的事就是可行。」

在這宛如遊戲的世界裡，遊戲裡的技能學習法當然也適用。

只要遵循這種學習法，別說是三種了，四種、五種、六種還是七種技能都並非不可能。

優米爾實際上就是透過那種方法學到了許多技能。她能辦到，名門學校的學生們沒道理辦不到。

「那就先當作試水溫，先讓你們學會【掃描】技能吧。」

「您是認真的嗎？」

「嗯，當然。」

「……我明白了。像您這樣的講師都這麼說了，那就嘗試看看吧。」

看來他說的不是玩笑話。

法蘭莎如此判斷，坦率地坐回位子上。

其他學生效仿她，也紛紛冷靜下來。貴大再次開口：

「那麼，接下來要讓大家學會的【掃描】技能……你們應該沒聽過對吧？」

「是的，請問那是什麼樣的技能呢？」

「是探索系技能的一種。只要使用這招，就能發現陷阱或暗門。」

「那不是斥侯職種專用的技能嗎？」

「不，是通用性技能。只要學會，誰都可以使用。」

這個世界存在著所謂的專門技能。

「劍士」使用的祕劍、「術士」使用的大魔法，或是「武僧」使用的奧義等等，分別都是該職種才可學習到的技能。

與之相對的通用性技能則不侷限於職業，所有職業都可學習。

效果雖然比專門技能低下，但相當方便。現在貴大要把其中一項通用性技能傳授給學生們。

「好啦，你們稍等我一下。」

「？」

貴大伸出手，他的眼前浮現出一塊散發淡淡藍光的半透明面板。

那正是系統清單，凡是身為「Another World Online」的玩家，任何人都可以使用的工具。只要像是對待觸控面板那樣操作，就能確認能力值，或是從道具欄位裡取出物品，只是——

看來這個世界的居民，並沒有具備系統清單的樣子。

貴大知情這點，也沒打算一一說明，習慣自如地操縱起系統清單。

「好啦。」

不久，清單消失。有一副眼鏡放置在講桌上。

貴大輕巧拿起眼鏡，向學生們說道：

「那麼你們就戴上這個眼鏡，開口說出【掃描】這個技能的名字。這樣就能學會了。」

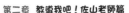

「……就這樣？」

不知是誰先開口，道出所有學生心中的疑問。

（是類似技能書那樣的東西嗎？）

這個世界存在著只要閱讀，就可以學會技能的書籍。

然而，他們從來沒聽說過眼前那副眼鏡也有同樣的效果。

學生露出明顯在看可疑物品的神情，望向貴大手中的眼鏡。他們照舊坐在椅子上，教室內沒人有動靜——

在這當中，果然唯有法蘭莎不同。

「那麼，就從我先開始吧。」

法蘭莎凜然站立，走向貴大所在的講台前。

教室內登時喧譁起來，聲音此起彼落。

「法蘭莎大人！不可以啊！」

「請停下來，法蘭莎大人。」

「那麼奇怪的東西……說不定是遭受詛咒的道具啊！」

法蘭莎能明白他們所說的話，也可理解他們出自害怕而無法動彈。

不過，法蘭莎無論如何都想嘗試。倘若這能讓她學會新的技能，她務必想體驗看看。

「只要唸出技能名稱就行了嗎？」

「表情正經點，再單手把眼鏡拿起就可以嘍。」

「我知道了。」

法蘭莎被強韌的上進心，以及些許好奇心給唆使，從貴大那裡拿起眼鏡。

她略顯躊躇——而後下定決心，嘗試唸出技能的名字。

「【掃描】！」

法蘭莎聽從指示，一臉正經，用手把眼鏡拿起。

就這樣維持同樣的姿勢十秒，二十秒。

什麼事情都沒發生。也沒有出現學生們擔心的異狀。

當然也沒有學會技能，真的是什麼事情也沒有發生。

（……呼。）

法蘭莎內心感到失落。

她沒有顯露到表情上，卻對貴大這個人感到失望。

這個男人果然和外貌一樣普通。這種男人，沒有向他學習知識的價值。

（真是的，浪費了我的時間。）

法蘭莎一面感到厭煩，打算拿下眼鏡。

她正想要把站在自己身旁的貴大當場趕出去時——

【學會了【掃描】。此技能可以在眼中映照出隱藏物品。】

她聽見了聲音。

無機質，並且莊嚴的聲音。

同時間，視野綻放出閃爍光芒，甚至令她產生了光芒會向外無限擴張的錯覺。

「嗚！」

看見了。她能看見至今為止無法視及的東西。

牆壁的另一端。桌子的裡面。只要注視物品，表面就會稍微透化，能看到內部。

並且剛才所聽見的聲音，不會錯的，那正是技能之神「因弗」的聲音——

「喔喔，妳學會啦。」

法蘭莎茫然站在原地，貴大輕浮地向她搭話。

「看吧？我不是說了嗎？能夠學到技能。」

貴大說道，露出笑容。

然而，對現在的法蘭莎而言，他的聲音格外遙遠。

身體難以動彈。總覺得意識也飄忽起來。向來清晰明快的思緒也彷彿有層暮靄般朦朧曖昧。

儘管如此，唯有一件事實她能認清。

那就是這個名叫佐山貴大的男人，確實傳授了新技能給自己。

—4—

「太厲害了！」

「我好感動！」

「請務必教導我們更多吧！」

（慘了，我太得意忘形了。）

法蘭莎學會【掃描】技能後又過了兩小時半左右。

我被學生們稱讚得心情舒暢，接連將【躡足】或【蓄力】這類樸素但好用的技能教導給他們。不只是把眼鏡拿給他們，而是一起陪他們練習【躡足】，還有告訴他們【蓄力】的訣竅——

反正是沒思考太多就接下的工作，本想說隨意地敷衍了事就可以了。但是反應太過熱烈，我因此發揮了沒必要的服務精神。

結果就變成現在這樣了。連法蘭莎也說出了這種話。

「佐山老師是難得一見的人才。如果就這樣被我們班給獨占，說是有損國家利益也不為過。就由我向校長提出推薦函吧。請老師務必也一同教導其他學年、其他班級的學生。」

（什麼啊啊啊啊！）

她像是宣揚行善般說出這莫名其妙的提案。

周圍的學生接著發出「沒錯！這樣很好！」或是「不愧是法蘭莎大人，這想法真是太棒了！」之類的話，紛紛助長法蘭莎的氣焰。

——很不妙。真的很不妙。

原本說好我只擔任一週一次的講師，照這樣的走向下去，搞不好會變成連一週五次、六次都得被迫出席的全勤教師。非得嚴正拒絕才行，但興高采烈的法蘭莎卻沒有平息下來的打算，甚至不斷加速這樁提案的進展。

「那我就立刻開始書寫推薦函吧。請稍微等我一下。」

法蘭莎莞爾一笑。在我眼裡看來，此時的她就像個處刑的劊子手。

完蛋了……！想想辦法啊！快想想只要一週來上班一次就好的辦法！

「妳等一下！」

「是？」

我猛地制止住她，但其實根本還沒想出解決方案。

可惡，到底該怎麼做才可以阻止這傢伙啊！這群該死的菁英——

（……嗯？菁英？）

對了，就是那個！

「確實，由我來授課的話輕而易舉。但是這樣真的好嗎？」

「「「？」」」

「我聽說這裡是資優班，當中也有將來得背負國家重責大任的孩子吧？」

大家把視線投向法蘭莎。我猜對了！

她確實散發出那種上流氣質，沒想到真是如此，太好了～！

「我充其量不過是微不足道的冒險者。但是，你們不同吧。你們背負著遊說、領導千萬民眾的責任。像這樣的你們，竟然沒有具備藉由自己的力量來改變這所學園的鬥志，我感到非常遺憾。」

看似敏銳的法蘭莎聽聞，震驚地像是理解了什麼。

看來她比我想像中的還要過度解讀我的話，身體因而哆嗦打顫。

很好喔，很好喔！就這樣繼續過度解讀吧！朝著讓我不用工作的方向解讀！

「你們學會了新技能。所以，也教教其他人吧。你們剛才是這麼說的對吧？為什麼沒有打算透過自己的力量推廣技能呢？」

此時，其他學生也察覺到我想說的話了。還差一點，最後加速啦！

「聽好了，如果你們以菁英身分為傲的話，就不要把責任全丟給他人。你們反而應該靠自己的力量來推動周圍的人們。」

「「「老師……」」」

「加油啊！如果是你們的話，想必可以辦到！」

「「「老師……！」」」

當初對我抱持的懷疑表情都已蕩然無存，學生們眼神閃閃發亮地看著我。

很好！說服成功啦！這樣一來這些傢伙就不會來拜託我了吧。

至少單論已經教導給他們的技能，他們應該會靠自己的能力推廣出去才對。

（雖然距離萬事解決還有段距離。）

總之，現在就先這樣吧。

◆◇◆

「我很忙，一星期只能來學校一次。」

（我明白了，是這樣啊。）

「怎樣都挪不出時間啊。你們能夠理解吧？」

（當然，當然，我當然能夠理解。）

在這短時間內就讓學生學會技能的手腕——

不，應該是策劃出如此學習方法的頭腦。

無論如何，他勢必會受到許多人的邀請。

艾利克也很厲害，竟然能找到這種人才。

（絕對不能把那個人交給其他國家。）

貴大表示自己只是一介冒險者。

如果是這樣，將無法得知他什麼時候會離開學園與王國。

但是，那可不行。考慮到國家利益，必須把他留在身邊才行。

為此，她——法蘭莎所能辦到的事情則是——

「那課就上到這裡。先解散吧！」

貴大拍拍手，宣告課程結束。

正午的鐘聲響起，貴大迅速走出教室。

然而，他像是想起什麼似的回過身來。

「啊，我說那個眼鏡啊，就送給你們吧。看你們想怎麼用都可以。」

他只留下這句話，這次真的離開了教室。

「呵、呵呵……」

教室內，學生們得興奮未散，法蘭莎也持續心中的激昂。

（把這個送給我們？要我們怎麼用都可以？這麼方便的東西？）

魔法書、奧義書這類技能書，有多數被指定為是國寶。

作為相同性質的這副眼鏡說不定也擁有與那些國寶匹敵的價值。

對方卻像是在對待玩具那樣，輕而易舉地拋過來——

那個人究竟還藏有多少像這樣的寶物呢？

（想要……！果然，好想要啊……！）

追求強悍的慾望在法蘭莎心中捲起漩渦。

（呵呵呵……好了，究竟該用什麼方法把那個人拉攏到這個國家呢？）

前所未有的興奮讓心情昂揚，她在腦海裡勾勒出各式各樣的策謀。

—5—

「呃～那麼，接下來我想開始下午的實習課程。」

午休一眨眼就結束了，迎來下午的實習時間。

學生們換上實習用的衣服，在鐘塔下集合。

「那就開始嘍。」

「「「是的！」」」

在階梯下聚集的學生們發出元氣飽滿的回答。

這群人即將前往位於學園地下的迷宮。迷宮裡有陷阱也有魔物，將磨練學生們的實戰手腕。

進行這種實戰，即使鬧出人命也不奇怪——

幸虧這裡是人造迷宮。和惡魔或魔神創造的真正迷宮不同，此地是以安全第一為考量而設計的。

只要耗盡體力，就會發動回歸魔法。

若有可能遭受致命傷，則會發動防禦魔法的機制來阻擋。

迷宮各層都有設置連接地上的入口，迷宮也不會隨機改變內部構造。都做到這種地步了，究竟還有沒有資格稱為迷宮都讓人懷疑，不過棲息在人造迷宮內的魔物則是貨真價實。

然而法蘭莎他們看起來絲毫不帶恐懼的模樣。

當中甚至還有學生一臉神清氣爽，盡說些自信可靠的話。

（是因為學會新技能了，才會那麼有自信嗎？）

我不禁歪頭思考。

（真奇怪啊。這迷宮雖說是實習用，裡頭的ＢＯＳＳ也有一百級喔。）

對平均等級八十級的學生們而言，可是強悍到會陷入嚴重苦戰。

然而這種游刃有餘的態度，他們究竟是認為勝算有多高啊？

（……算了，隨便啦。）

「那麼，看你們能走到哪裡就走到哪裡吧～」

「「「是的，老師！」」」

如此這般，我帶領這群光靠半天就乖巧順從我的學生們，舉步踏入學園迷宮內部。

（好啦～就讓我看看你們的本事吧。）

雖有耳聞這些傢伙是相當優秀的菁英，但還不理解實際狀況。

會出現上流階級才會使用的戰鬥方式嗎？我還滿清楚冒險者的情況，但貴族的實力，其實還不太清楚細節。

（他們會怎麼戰鬥呢？）

S班總共有三十名成員，大約是中等規模的隊伍。

如果法蘭莎是隊長，那誰是前鋒？誰是後衛？

如果組合得太糟糕的話，重新導正也是老師的工作啊。

「發現魔物了！數量為二十五隻！」

才剛走入地下一層，在寬廣空間裡埋伏等待著我們的，是史萊姆和哥布林這類小嘍囉群集。

等級差不多只有二十級。光靠法蘭莎一人也能輕鬆處理掉吧。

然而學生們卻鬥志高昂，揮舞起手中的武器。

「全員整隊！一齊攻擊！」

哦～哦～竟然使力成這樣。對付這種蝦兵蟹將竟然還瘋狂使用魔法，把魔物攻擊得屍骨無存。

不到一分鐘就把敵人清光了。這下根本無關前鋒與後衛了啊。快點朝強敵所在的階層前進吧。

只是，在這之後始終沒有遭遇到強敵。

「全員整隊！一齊攻擊！」

學生們不斷重複著相同的戰術，甚至就這樣擊滅了上層部的ＢＯＳＳ。

「老師，請問怎麼樣啊？雖然還比不上老師，但我們做得還不錯吧？」

「啊～嗯，對啊。」

坦白說，我難以做出評論。雖說對手是ＢＯＳＳ，但不過只是浮岩魔像而已。

由漂浮岩石構成的魔像怕熱也怕冷。針對這種魔法耐性零的敵人，就算集體發動魔法壓制，我也無法給予任何建言。快點繼續前進吧。

「多虧有老師傳授給我們的技能，我們遠比以前都還要能輕鬆攻略迷宮。竟然會如此順利……這都要感謝老師。」

「「「非常感謝老師！」」」

「好好好，不客氣。那麼，接下來就前往中層部吧。」

「咦？」

「咦？」

什麼？那種不可思議的表情是怎麼回事？

咦？今天是要一路前往最下層對吧？

「老師您真愛說笑。我們早就已經通過中層部了喔。這裡已經是最下層了。」

「什麼？」

「呵呵呵……啊，真有趣。老師，您是不是誤會什麼啦？」

我急忙打開系統清單，按下地圖畫面的按鈕。

將【迷宮探索】搭配【製作地圖】技能使用，接著只要踏入低等級的迷宮一步，就會自動製成簡略地圖。此技能也可以在學園迷宮上發揮作用，這種等級的迷宮構造對我而言和全裸沒兩樣。

（這裡果然是上層部沒錯啊。）

地圖所顯示的現在位置為【格蘭菲利亞王立學園迷宮・地下十層・上層部ＢＯＳＳ房間】。

最下層是地下三十層才對，不是這裡。

法蘭莎到底搞錯了什麼？

「這裡是上層部，可不是最下層喔！」

「就算您這麼說也……真是困擾。除了這裡以外，我不知道哪裡還有別的最下層啊。」

聽聞法蘭莎的說法，周圍的學生們咯咯笑了起來。

所以我才說貴族實在是……！真的是，你們是不會好好聽人說話嗎？

「啊～……我說，你們【掃描】過這個空間了嗎？」

「「「？」」」

我被投以超級困惑的表情。

太奇怪了，我教過了才對。我明明把【掃描】技能傳授給他們了。

要是回答我什麼「我們有學過但是忘記啦」的話我可是會哭喔！

「好了，你們現在【掃描】這個空間看看。」

「「「是的……」」」

學生們一臉不明所以，仍然乖乖按照指示動作。就這點而言還算值得讚賞。

心生困惑的學生們發動【掃描】技能。

「「「咦！」」」

然後似乎驚訝到瞠目結舌。

啊～你們總算發現到了吧。通往迷宮中層部的暗門。

怎麼說，我好像已經精疲力盡了……可以讓我回家嗎？

◆　◇　◆

（這、這是……！）

空無一物的單調空間。

原本認為毫無異樣的最下層牆壁，竟然能看見上頭出現一道厚重門扉。

發動【掃描】技能的法蘭莎看得一清二楚。

「好啦，快點前往中層部吧。」

貴大輕鬆打開被隱藏的門扉，走下門扉裡頭的階梯。

學生們慌慌張張地跟在後面，他們舉足踏入了未知的領域。

「那麼～從這裡開始就是中層部了。大概已經沒辦法光靠蠻力輾過去了，和敵人戰鬥時，記得要下點工夫喔。」

與石頭搭建的上層部景緻不同，中層部迷宮遍布著裸露的岩石表層，彷彿洞窟。

本以為是最下層的場所，其更下方竟然別有洞天——

（真不愧是老師，竟然能夠輕易看穿這點。）

或許出自緊張感，或許出自對貴大的佩服。

法蘭莎的頸部，罕見地淌下冷汗。

「老、老師，我們先回去吧！還不知道未知的階層會出現什麼東西！我們應該先回歸學園，報告此情報才對！」

或許是因法蘭莎不發一語，一部分的學生因此騷動起來。

提出這番話的是魔法師的亞伯。亞伯是S班中等級最低的少年，總在關鍵時刻舉棋不定。

不過，他的話確實有一番道理。

既然要攻略此地，至少得先讓學園方展開調查——

「……你們是只要沒掌握迷宮地形，或是不知道魔物分布與情報，就無法進行實戰嗎？」

（——唔！）

「可以啊，想回去的傢伙就回去吧。看吧，角落不是有傳送門嗎？就用那個回去吧。如果你們打算這麼做的話，那我也要回去。」

這所學園的資優生們，難以對應預料之外的事。

法蘭莎明白外界會對他們說出這種貶低的話。正因如此，為了不被人說三道四，他們才會刻苦學習知識與鍛鍊自我。

儘管如此，他們並未料想到必須透過實際行動做出證明。

羞恥心與沮喪使她緊握的拳頭頻頻顫抖。

「怎麼啦？你們不回去嗎？還是回不去？那我就幫你們和艾利克老師說一聲吧？因為學生們都嚇得發抖，所以直到學園調查迷宮完畢以前，都先暫時停止實戰指導，可以吧？」

「老師！您這樣未免也太小看我們了！」

法蘭莎難以忍受，猝然叫喊出聲音。

竟然說他們在畏懼？說他們除了既定的訓練以外什麼也做不到？

對於貴大的嘲諷，她這次因憤怒而身體發抖。

「老師，我們可是光榮的Ｓ班。竟然說我們在畏懼，開玩笑也請適可而止。」

法蘭莎嚴厲地瞪視過去。

一旁的亞伯發出短促驚叫，挺直背脊。

可恨。太可恨了。法蘭莎同樣也對觀望著亞伯意見的自己感到氣憤。

「怎麼，你們打算繼續攻略迷宮啊？」

倚靠在牆上的貴大發出嘆息。

法蘭莎見狀，感到一股怒髮衝冠般的激昂。

這個人是故意表現出挑釁的態度，測試他們的意志力——！

「那是當然的。既然是有防護機制的迷宮，有誰會猶豫？」

「沒錯！老師，我們要繼續探索！」

「沒有我們辦不到的事情！」

隨著法蘭莎，同學們接二連三發出勇猛的呼喊。

沒錯，S班就得要這麼做才行。這才是S班該有的模樣。

「是嗎……那繼續前進吧。」

「「「是的！」」」

意外表露出資優生弱點的法蘭莎一行人，為了挽回汙名，開始提步邁向未知的階層——

而後，他們簡直讓人跌破眼鏡地狠狠吃了場敗仗，連滾帶爬地撤退了。

—6—

「為什麼會這樣……？」

這裡是學園迷宮中層部的入口。

照舊穿著實習用制服的學生們坐在我面前。

他們各個面露疲色——老實說，在那之後還經過不到一個小時。

（真沒想到即使到了中層部，這些傢伙還是使用「全員整隊！」戰術硬輾過去啊……）

單靠力量硬碰硬的戰術逐漸失效，結果就導致眼前這副慘樣。

魔力告罄的緣故因此無法使出魔法。想要近距離戰鬥卻因為身邊擠著礙事的同伴而難以動彈。在狹窄的洞窟裡倉倉惶惶、慌慌亂亂地騷動成一片，結果這群資優生也只能不斷重複撤退——

單就貴族的基準而言能稱為優秀，儘管如此，未免也太缺乏應對能力了吧。

「我說，你們這群傢伙是不是有點太窩囊啦？」

「才、才不是！只是中層部的魔物，比想像中的還棘手……」

「棘手~？那些根本只是廢物吧。等級也是你們比較高啊。」

「可是，魔物的速度很快，又會東躲西藏！」

「習慣就好、習慣就好。好啦，像這個樣子這樣做，就可以打倒牠們了吧？」

「「「…………什麼！」」」

我倒握著的短刀，朝迷宮的牆壁咚地刺過去。

光用這一招，偷偷潛伏過來的洞窟毒蛇就被我貫穿頭部，當場喪命。

這傢伙擅長利用保護色使出奇襲攻擊，不過本身能力值低下。其他魔物也是大同小異，只要把握弱點，大多可以處理掉。

「總之，大概就是這種感覺。隨著魔物提昇等級，也會出現各式各樣的類型。所以必須好好下點工夫應戰啊。可別以為一起發動魔法，或是整隊一齊攻擊這些戰術會永遠有用。」

「可、可是老師！我們這是王國內傳統的戰鬥方式啊！」

「就現實而言，你們輸了吧？被打得七零八落。」

「嗚……！」

法蘭莎不甘心地咬緊嘴唇，垂下頭。

王國內傳統的戰鬥方式啊。在地表上與大軍對戰時或許有效——

但這次的舞台可是迷宮。何況和上層部不同，是名副其實的迷宮。想在這裡好好戰鬥，就有必要有效利用搭配好的戰術才行。

「聽好了，如果是面對大批軍力，一齊攻擊也是個方法。但是在迷宮裡，分工合作的戰鬥方式才是重點。」

我拿起帶來的粉筆，在裸露的岩層上寫出前鋒和後衛這兩個詞，然後大大用圓圈圈起。

「前鋒基本上是戰士職種吧。負責進行攻擊與防禦。」

接著使用紅色粉筆，在前鋒的圈圈旁邊追加寫上攻擊與防禦。

「後衛負責支援。進行像是回復或補助、支援射擊或魔法等等行動。」

這次又用黃色粉筆，在後衛的圈圈旁追加支援的補述。

「回復職種特別重要。隊伍的生存機率會隨著有無回復職種而改變。」

回復職不可或缺！我俐落地追加記號和這句話。

「你們就是沒做好這些基本功才會輸。」

我乾脆地說道，接著拍拍手。

「那麼，接下來就按照出席座號，每四個人分成一個小組，小組內決定好前鋒兩人，後衛兩人。多出來的兩個同學，分別加入等級比較低的小組裡。」

學生們收到指令後一個接著一個開始動作，共分成七個小組。

確定組別無誤後，我滿意地點點頭。

「那麼，在我下次過來講課以前，你們就用這個小組攻略完上層部的迷宮。不可以和其他小組互相幫忙，明白了嗎？」

「咦咦！」

大家的音量略微提高。

這不是當然的嗎？要是能互助，就和分組前一樣了嘛。

「我會先去申請進入迷宮的許可，你們就儘管探索迷宮，習慣分工合作的作戰方式。打倒浮岩魔像的小組，繼續前往中層部也可以。」

才剛說出中層部這名詞，學生們就瑟縮發抖起來。

也是，雖說不會死亡，但痛覺還是存在。即使如此，不讓他們理解分工合作的道理，突破最下層也只是痴人說夢。

「那就這樣啦，之後你們就按照這個模式各自努力吧。我要回去了。」

「怎麼這樣！老師，請您再更加教導我們迷宮的戰鬥方式吧！」

嘖，本來以為照這個走向，可以很自然地偷懶落跑的。

這個金髮捲捲頭大小姐到底是想怎樣啊——！

「哼，我可沒有東西能教導你們這群乳臭未乾的小鬼。至少先打倒浮岩魔像再來跟我討價還價吧。」

「嗚！」

我的話逼得法蘭莎節節敗退。

我是因為想回去才說這種話的，但會不會說得太重啦……？

（算了，先這樣吧，趁現在撤退！）

為了追求自由，我從學園迷宮裡飛奔而出。

「啊～累死了累死了。」

馬車在車站停下。我一面扭扭肩膀，跳下車。

就這樣渙散漫步，從大街朝通往自宅的道路上前進。

「一定是因為盡做些不習慣的事才會這樣，真是的。」

我本來就不是當老師的料。

我是有辦法教他們方便的技能和在迷宮的戰鬥方法，但這並不代表我適合當老師。

畢竟能力與適性無法相提並論。一想到這，我就覺得應該沒有自己這麼失衡的老師。

（現在是回到家了沒錯啦。）

時間是下午四點。

由於迷宮實習課程中途就結束了。回到家的時間也因此提早。

優米爾該不會發飆吧？

「不不不，她又不知道發生了什麼事。」

我一面喃喃，伸手轉開門把。

今天真的是令人疲累的一天。快點洗個澡然後睡睡睡睡睡睡睡睡睡睡覺覺啊啊啊啊啊啊叭叭叭叭叭啊叭叭嘎叭啊啊啊啊啊！

「……主人，您回來得真早呢。」

「優米，妳這傢伙，到底在做什麼……！」

這、這股衝擊是【雷電・伏特】！

這個混蛋女僕，竟然把電流通到門把上！

可、可是，為什麼……！這傢伙應該不知道我早退的理由才對啊……！

「……艾利克先生透過【呼叫】聯絡我了。他說本來想要感謝您找到了中層部的通路，您卻不知道什麼時候回去了。怠慢並非好事。」

「那個該死的眼鏡仔啊啊啊～～～～～！」

無法預料的背叛！

即使想要復仇，身體卻麻痺得無法動彈。

「……今天不會讓您進家門的。請待在外頭好好反省。」

磅碰！優米爾無情地關上門。

我所改造過的這個家，可是備有連我自己也無法攻破的嚴密防盜裝置。

換句話說，屋子內部上鎖的話，從外頭根本無法進去，也沒有辦法從其他地方潛入——

不知不覺，流浪狗竟然出現在我身邊。

「嗚喔喔喔喔…………喔喔喔！」

流浪狗面向我，抬起一隻腿。

「該、該不會……？喂、喂喂，住手！給我住手喔！」

噓噓噓噓、噓噓噓噓噓噓～～～～～～～～！

數小時後，看到我悽慘落魄的模樣，路過的薰好心收留了我。

今晚，人類的溫情與流浪狗的尿液，格外沉澱在我心中。

—7—

「【防禦】！唔唔唔！」

「不好了，【治癒】！」

「還差一點點……就是現在，【束縛】！」

「做得真好，奧爾索！好了，接招吧！【三角刃擊】！」

遭受魔法鎖鏈束縛的浮岩魔像，緊接著承受光輝閃耀的刀刃三連擊，那副巨大身體終於瓦解崩壞。

「成、成功了……！」

「我們做到了，法蘭莎大人！我們是第一個擊破ＢＯＳＳ的小組喔！」

小組成員滿載歡聲，甚至展現出天真無邪的笑容。

法蘭莎見狀，一面撥著長髮，露出微笑。

（真沒想到成功了呢。）

使用怒濤般的攻擊吞噬一切。一齊發動魔法將敵人消滅成黑炭。

這是王國內傳統的戰鬥方式，同時，卻也存在著過多缺失。

其證據就攤在眼前。他們按照指示分工合作，並且，像是生命共同體般展開連攜攻擊，即使隊伍人數稀少也能擊倒ＢＯＳＳ。

只要將這種作戰方式發揮到極致，不遠的將來，想必也能突破中層部吧。

真的是在教導他們這個道理的貴大面前抬不起頭來。

（技能的傳授方法，以及能夠發現隱藏階梯的敏銳雙眼，甚至是攻略迷宮的戰術！果然，老師是這個國家不可或缺的人才。說什麼也要得到他才行。）

為此，就給予他想要的一切吧。地位與名聲，他想要什麼都可以。

（我也必須更加積極與他有所接觸才行。呵呵。）

接下來可有得忙了，但那絕對不是壞事。

法蘭莎抱持這股舒心的高揚情緒，定睛凝視通往中層部的門扉。

洋洋得意……

法蘭莎・德・費爾迪南

大公爵家的千金小姐。頭腦靈光，可惜仍是個半吊子，偶爾會誇張地會錯意。

年齡

15歲

性別

女

種族

人類

等級

94

職業

「火焰術士」

第三章　圖書館的魔女篇

—1—

王都內充斥著多數讓人引以為傲的建設，當中，此地更是令人為之讚嘆。

「格蘭菲利亞王立圖書館」。

此圖書館立地於王立學園附近的交通便利之處。

彷彿敞開羽翼的天使，抑或猶如敞開雙臂的女神，大樓興建在圖書館兩側，顯得格調高貴。收納的藏書無不齊全，網羅的知識無所不知。這幾乎讓人誤以為是美術館的建築物非但為知識的寶庫，更是學問的殿堂。

一般人嚴禁踏入，即使身為貴族，也無法外借書本。

此處終歸是學習之地，而非市民的休憩場所。

不過對我而言，這之間的差別都無關——

「唉～真是夠了。」

我從道具欄位裡拿出「空氣軟墊」，當成是枕頭，躺在上面。

這雖然是防御用的道具，不過出類拔萃的柔軟觸感也可以拿來這麼用。

好似能不斷深陷其中，又擁有適度彈性的半透明軟墊包裹著頭，帶給我些微溫暖。那觸感使我陶醉其中，眼睛瞇成一條細縫，自然而然地吐氣。

「哈呼～」

氣息帶有一股熱度。是宛如疲勞也會漸漸融化的呼吸。

我透過嘴唇感受這股氛圍，緩緩張望四周。

「沒有其他人在對吧？很好很好。」

石磚砌成的房間，高高架起的書櫃，以及羅列其中的古老書籍。

這裡是王立圖書館的地下樓層。和地表那高貴上流的樓層不同，陰暗、涼爽，並且非常寧靜。每間房間都作為書庫使用，既沒裝飾品，也感受不到人的氣息。

當然也沒有學生的身影。

那群不管到哪裡都會突然冒出來、糾纏我的小鬼頭們，不在這裡——

「唉～……真是失敗啊。」

自從隨隨便便接受委託，成為學園的講師以來，已經過了十天以上。

這段期間，不論是在學園內外，我都被學生們追著跑。

「老師！請教我這個技能吧！」

「老師！請務必和我較量一下！」

「老師！請指導我探索迷宮的知識！」

學生們一面喊著老師、老師的，將我團團包圍。這樣還算是可愛的了。

問題在於，即使身在校外，也會和學生撞個正著。

「哎呀？真是巧呢。」

學園內的某個小少爺若無其事冒出來，丟出這句話。別騙人了，你不要說謊。

到底是有什麼要緊事，才會讓一個貴族走在平民街的街上啊。

百分之百是衝著我來的吧，不，正確而言是衝著我握有的技能而來。抱著「只要把技能偷偷教我一個人就好」的如意算盤，很不巧，我全拒絕了。

因為我能料到，只要答應一次，其他學生也會一窩蜂湧上來。

就這樣放任他們不管，感覺會一舉追到我家家門，事實上，最近他們似乎已經跟到我家附近了。

光是現在這樣就擾人安寧，要是變本加厲，我可敬謝不敏。

因此即使是在外頭睡午覺，我也得像這樣選在沒有人來的地方——

（我到底做了些什麼啊……）

硬要說的話，都該歸咎於輕率答應擔任講師這件事。

如果這是作為快樂喝酒的代價，未免也太高了。

「好啦，那就來睡一覺吧。」

我打開選單，確認時間。

才剛過中午沒多久，距離下一個工作還有兩小時左右的空檔。

那至少睡個一小時——不不，一小時半——不對，工作稍微遲到一下應該也沒有問題吧！

換言之，這樣計算的話，可以睡個兩小時左右。

明白這件事後，我把頭深深陷入「空氣軟墊」裡。

「那就這樣啦，晚安～」

享受不被任何人打攪、在陰暗的書庫深處的午睡時光。

我不禁因為這種幸福而發出大大嘆息——

「是、是誰……？」

「嗯啊？」

「是誰在那裡……？」

可以從書櫃的另一端聽見因恐懼而顫抖的聲音。

是年輕女性——不，女孩子的聲音。

「那個……有人，在那裡嗎……？」

驚嚇又畏畏縮縮的聲音，似乎是對著我發出來的。

因此我坦然地做出回答——

「有人在喔～」

「呀啊！」

明明只是回話而已，好像把她嚇了一大跳。

隔著書櫃，我感覺到對方好像嚇得跌坐在地。

「怎麼啦～妳有什麼事嗎～？」

「啊啊，啊哇哇……！」

「怎麼了？發生什麼事了？」

對話沒什麼進展，這樣下去沒完沒了。

我站起來，瞥向書櫃的另一端。

「呀啊啊啊！」

對方又發出更大的驚嚇聲。

「咿、咿咿……！」

不出我所料，是名稚嫩的少女。可愛的栗色頭髮，尚留有一點孩子氣的女孩。

她穿著圖書館員的制服，大概是實習生吧。這名實習圖書館員不知為何面色鐵青，一邊渾身發抖，打算逃離現場。

可惜進展不太順利。才剛站起來屁股又跌回地面，才剛站起來屁股又跌回地面，每跌一次便發出狼狽的聲音。

「……我說，到底是怎樣啊？」

我看不下去了，打算伸手幫她，對方卻因恐懼扭曲面孔。

「所以我說到底是怎麼回事啊？」

在這之後又過了十分多鐘，我們終於才有辦法真正展開對話。

「所以，妳是以為我是幽靈？」

「不、不好意思。」

少女沮喪地垂下頭。

她的名字叫做莎莉耶，波爾特，十三歲，職業果然是實習圖書館員的樣子。

莎莉耶從剛才開始就惶恐畏懼，好幾次都把頭垂得低低的。

「啊啊，不，不用道歉，所以我說妳不用道歉啦。我只是感到很不可思議而已，為什麼會把我誤認成幽靈？」

我的表情有那麼像死人臉嗎？

在我開始有些在意之時，莎莉耶向我做出說明。

「那個……我們圖書館員，啊，雖然我還是個實習生就是了。啊、啊啊，那不是重點，真是不好意思！……是、是這樣子的，在我們圖書館員之間，流傳著某個風聲。」

「風聲？」

「圖書館地下樓層有幽靈出沒……尤其是實習生如果靠近禁止進入區域的話，就會被幽靈帶走……事實上，已經有好幾個人看見了奇怪的影子……」

莎莉耶說到這裡，身體又開始發抖，左顧右盼起周遭狀況。

她看起來就像是兔子或松鼠那類小動物。

「禁止進入的區域啊。我記得是在這附近對吧。」

「沒錯！而且原本就沒什麼人會來這裡的書庫……」

「嗯，我知道。」

這裡人煙稀少，我之前過來的時候就做好調查了。

所以我才會選這裡為新的午睡地點——

「我被派來把書安置到這裡的房間，正好佐山先生也在這兒，我就嚇了一跳。」

「原來如此啊。」

「真的是失禮了！我竟然對王立學園的講師做出如此無禮的事！」

「啊啊，沒事沒事，妳用不著在意啦。」

「佐山先生……」

莎莉耶鬆了口氣，抬頭看向我。

她露出「多麼心胸寬大的人啊」的表情，不過我氣量又沒狹窄到會因為這種事就生氣。

如果是菁英教師的話說不定會動怒，但我僅是一介平民。在這方面，她似乎對我產生了某些誤解——

要解釋我的特殊立場好像會花費一番時間，我決定維持現狀。

「那麼，我就先失陪了。」

最後，莎莉耶一臉開心，面帶微笑地離開了。

目送她嬌小的背影漸遠，我回到原本的位置，開始自言自語。

「該怎麼說呢……算了，先不管啦。睡覺睡覺。」

這下就沒有人礙事了。這下就能悠閒睡午覺了。

我一面心想，再度倒向「空氣軟墊」——

「老師～？您在哪裡？老師～？」

「唔！」

我聽見了法蘭莎的聲音。

「老師～？您人在這裡嗎～？」

（為、為什麼那傢伙會在這裡……！）

不會錯的，是法蘭莎的聲音。她的聲音響徹在杳無人煙的地下樓層。

聽來還在遠處，聲音卻越來越接近。

「老師～？佐山老師～？」

（該、該怎麼辦……！用【透明人】技能逃走嗎……？）

不行，不可以。為防止有人將內部資料帶出去，出入口都被封鎖了。

不乖乖露面並接受職員的檢查的話，就無法開啟厚重的大門。

強行突破不是不可能，但我想避免騷動。

「老師？您在這裡嗎？」

（咿咿！過來了！）

看來，她進來這個房間了。聲音的距離變得更近。

已經沒有時間猶豫了！

「【透明人】……！」

我小聲發動技能，身體漸漸開始透明化。

（快點！快點變透明啊！）

我一心默唸快變透明快變透明。現在已經連對方的呼吸聲都清晰可聞了。

看，就在那麼近的位置。看，就在那個轉角。法蘭莎她，法蘭莎她──！

「老師？」

轉瞬間，公爵千金湊近臉來巡視──

她在我的眼鼻前方稍微歪歪頭，開始探索對面的另一條通路。

（好危險啊～……！）

真是千鈞一髮。我的身體完全透明化的同時，法蘭莎就現身了。

實在太過驚險刺激，心臟激烈跳動到奇怪的地步。

（得、得救了……但是……）

「老師真是的，究竟是到哪兒去了呢？我明明聽說他在這裡啊。」

法蘭莎一面喃喃自語，如今仍在附近徘徊走動。

再這樣下去，【透明人】的效果就要消失了。

（乾脆用【隱蔽】來蒙混過去嗎……？不，沒辦法！）

是可以用其他技能蒙混過關，但我終究會在出入口被逮個正著。

知道法蘭莎目的的職員要是找到我，一定會叫她過來。

（該怎麼辦……該怎麼辦……？）

彷彿被追趕而不斷不斷逃往深處的魚兒般，我也不斷不斷前往地下樓層深處。

【透明人】再過三十秒就會失去效果。我仍找不到可以躲藏的地方，只能轉來轉去來回飛奔。

（哪裡可以躲起來？哪裡、哪裡、哪裡……！）

這裡的建築構造原本就不算複雜。

儘管外觀看似迷宮，實際上也不存在著暗門。

沿著道路筆直朝深處前進，瞧，禁止進入區域就近在眼前——

（…………？）

禁止進入？

（就是這個！）

受直覺驅使，我二話不說向前衝刺。

完美活用各種隱密性技能，無聲無息朝向禁止進入區域飛奔過去。

然後這次使用【開鎖】技能，拚命打開笨重的門扉——

（安全了！）

沒有被人撞見，成功進入了禁止進入區域。

與之同時，透明化的身體也漸漸恢復原狀。

（呼～……總算安全了……）

總而言之算是九死一生，沒釀成大災難。

然而，問題還沒解決。我擔心回去時該怎麼辦。

（我想想，該怎麼回去才好呢？）

既然這裡不是迷宮，則無法使用【逃脫】。也無法立刻離開這裡。

（到底該怎……嗯？）

我抬起頭，看見通路深處還有著幾扇門。

大概是研究室之類的吧。或是書庫或保管室。

門扇貼著寫上「關係者以外禁止進入」的門牌，不只如此，還垂掛著堅固的鎖。

（哦～……好像很有趣。）

所謂人類，就是越禁止不能看就越想看的生物。

出自情勢所逼才會來到這平日無法進入的地方，我的好奇心受到了刺激。

（反正，也不會這麼簡單就被發現吧。）

我好歹也是等級兩百五十級的斥侯職。得以進出貴族豪宅的能力，在這裡應該也能發揮得淋漓盡致才對。

反正既然有時間，就該有效利用。

導出這個結論，我對眼前門扉的鎖使出【開鎖】技能，開始解鎖。

「唔～……看不懂！」

進入十張榻榻米左右規模的小房間後，已過了數分鐘。

我的好奇心差不多已經枯萎了。

「這是古代語嗎？完全讀不懂在寫什麼啊。」

一看就知道歲月久遠的老舊羊皮紙上，像是爬滿蚯蚓般綴滿了文字。

要讀懂這些文書必須擁有相應的知識，或是持有【古代語解讀】的技能才行。很不巧，兩種條件我都不具備。

「果然還是不行啊。」

再怎麼乾瞪眼，不懂的東西就是不懂。

我放棄地抬起臉，周圍盡是相似的古代文書。

這像是書齋的房間裡只有書籍、石板、羊皮紙和卷軸。

除此之外沒有任何吸引人的事物，對我而言一點也不有趣。

「唉唉。」

被書山包圍的我發出嘆息。

期待徹底落空，我索性鬆下肩膀的力量。

就這樣抬頭盯著天花板發呆，我凝視魔石吊燈所發出的燈火光芒——

好像，聽見了什麼聲音。

（……？）

並非清晰明朗的聲音，但是——能聽見什麼。

（怎麼……？）

聲音漸漸增強。是在朝這裡靠近嗎？

但是，聽起來不太像是腳步聲。

（硬要說的話，好像是在拖曳著什麼東西的聲音……）

沒錯，就是這類聲音。

拖曳某種東西的聲音正緩緩、緩緩靠近這個房間。

（話說回來……）

我忽然想起剛才遇見的少女所說過的話。

「地下樓層會出現幽靈。」

「尤其是禁止進入區域。」

我渾身寒毛直豎。

這裡是地下樓層，而我目前的所在位置不正是禁止進入區域嗎？

並且我聽見的那個拖曳某種物品的詭異聲音，簡直就像是……

（幽靈……！）

以前在電視上看過的恐怖電影，有這幕場景。

長髮女人緩緩地行走在走廊上。

臉部被頭髮遮住，看不清楚。

女人從背後靠近主角，伸出枯枝般的手指——

那種場面所聽見的，就是這種緩緩拖行、緩緩拖行的聲音。

（真的假的啊……！）

即使等級兩百五十級，可怕的東西還是很可怕。

尤其是這種情境，我真的很不擅長應付。

無法辨清真面目的不明物體，比和我同等級的魔物還要討厭。

魔物可以打倒，但是真正的幽靈，我甚至不知道技能有沒有效。

說不定聖水可以發揮作用，但是如果沒用的話就糟了，要是如此我可就真的束手無策。

（等等，果然走進這個房間了啊！）

才剛想說聲音停了，門扇上的玻璃就映照出一道女人的影子。

是名黑髮的女人。可以看見臉頰上好像有點焦黑。徹頭徹尾就是怨靈的剪影，在門扇的另一端蠢蠢欲動。

「哎呀……鎖被打開了呢……有誰在裡面嗎……？」

（咿咿咿咿咿……！）

聽見枯啞的聲音，我更加感到背脊發寒。已經超出恐怖的範疇了。

我早已無能為力，只能眼睜睜看著門被打開——

喀啦。

門把轉動。

嘰咿咿。

堅實木頭製成的沉重門扉發出開門聲，慢慢敞開。

接著，現身的是——

「是誰在裡面呀……？」

完完全全就是怨靈般的女人。

乾巴巴的黑髮垂至腰際，沾上髒汙的褲子，襯衫外披掛一件白袍。

體型枯瘦，眼窩凹陷，儘管如此，雙眼卻意外閃爍著光芒。

對方那雙眼睛隔著眼鏡鏡片，滾碌碌地轉動——

我按捺不住發出悲鳴。

「出現啦啦啦啦！」

「什麼出現了？」

「幽、幽靈……！」

「啊？」

「幽靈出現了……！」

「你說我？別開玩笑了。我才不是幽靈。」

「……咦？」

「一遇見人就喊對方幽咳咳、咳咳咳！……好久沒出聲說話了，喉嚨有點不行啊。」

女人一面說道，一面頻頻咳嗽起來。

該不會——她只是聲音沙啞了點而已？

外觀邋遢也只是沒打理儀態，這個人，其實只是個普通人類？

明白這點的我，終於打從心底鬆了口氣。

「什麼嘛，別嚇我啊……我還真的以為妳就是傳聞中的幽靈……」
「嗯？傳聞中的幽靈？那就是我沒錯。」
「咦？」
「是我啊，傳聞中的幽靈。」
看似怨靈的女人發出幽靈宣言。
聽見這番話的我腦袋再次陷入一片空白。

—2—

「總之，就是長期間待在地下、幾乎閉門不出的我，被拿來當作嚇唬新人圖書館員的傳聞題材了啦。」
「原、原來是這樣啊。」
這裡是王立圖書館地下樓層，禁止進入區域的研究室。
以緊湊堆積而上的書本為中心，我正在聆聽某個女人說話。
「換句話說妳……埃爾，妳只是個普通人。」

「沒錯沒錯，就是這樣。」

女人微笑著頷首。

這名叫埃爾．米爾．烏路爾的女性，是如假包換的活人。

何止如此，她更是隸屬王立圖書館的研究者，似乎是業界內家喻戶曉的名人。這個禁止進入區域也是專門為她準備的場所，她就在這裡長年間埋首於研究。

「日以繼夜地研究，每天都泡在研究裡。我沒什麼在注意外觀儀容，偶爾到外頭時就會嚇到其他人啊。」

「妳那副模樣，也難怪會嚇到人啊。」

「是嗎？」

埃爾這麼說道，她盯著自己的手瞧，整個人瘦得像皮包骨。闖入我視野的只有髒掉的白袍，以及貼附在細瘦手臂上的黑髮，她渾身充滿讓人害怕的各種要素，不過——

別在意所有這類因素，我開始能認為這個人只是有點奇怪。

「總之，這下你明白了吧？我雖然還活著，但也是個幽靈。」

「那個……怎麼說呢……對妳而言真是場災難呢。」

「其實也不會啦。本來就鮮少有人進出的地下樓層變得更是杳無人煙，變得更適合讀書了，算是種僥倖。我反倒還想感謝他們呢。」

「妳覺得這樣挺不錯的話，那也沒差啦。」

「對吧？」

該怎麼說，她真的是個怪人。

被當作幽靈竟然還很開心，該說是正向思考，還是功利主義呢——

「接下來換你了。」

「咦？」

「你到底是什麼人？是怎麼進來這裡的？你看起來像是中級區的居民，但是你來到這裡的理由，以及有辦法踏入這裡的理由，我想像不出來。」

「唔啊！」

對了，還有這件事！

因為幽靈騷動而暫時遺忘了，我是非法入侵者啊！

（慘、慘了……！）

這裡本來就不是我可以涉足的場所。對其他人而言也是如此。

就連法蘭莎恐怕也無法，隨意堆疊在四處的羊皮紙捲也不是我能閱覽的東西。要是擅自闖入的事情被發現了，會受到什麼樣的懲罰？光是想像就好恐怖。

「啊～那個，是這樣的啦。我是王立學園的講師，利用權限來到這裡的。」

「你在說謊吧。別說是講師，正職教師都沒辦法進來這裡喔。」

「唔咕！」

輕而易舉就被揭穿了。

「不，不是這樣。雖然我是講師，但我有得到圖書館員的許可！」

「那也是騙人的吧。除非是館長或是同等階級的人，否則無法批下許可。」

「唔唔唔！」

又被一刀兩斷戳破了。

「啊，不是的，唔唔……」

「怎麼啦？你不繼續解釋下去了嗎？」

埃爾的表情越來越險惡。

被逼到窮途末路的我已經無法正視她的臉——

「……噗，啊哈哈！哈哈、哈哈哈！你那是什麼表情啊？」

「咦？」

「簡直就像是誤觸陷阱的大熊狐狸松鼠啊！呵呵呵。」

「咦咦咦！」

「啊哈哈哈，這次又怎麼啦，露出那種呆頭鵝的表情！」

當然會變成呆頭鵝啊。稍早嚴厲審問一番我的傢伙，竟然會笑到快倒地——到底是怎樣的心境變化啊？

面對深感困惑的我，埃爾笑著說道：

「用不著擔心，我不會把你抓到警備員那裡去的。呵呵。看來，你應該不是壞人。」

「喔、喔喔……」

「你能夠被提拔為王立學園的講師，先別提外觀這副模樣，你想必很優秀吧？比起把你交給警備員，我更想聽聽你的故事。」

「啊？故事？」

「沒錯，故事……話說回來，你要愣在那兒到什麼時候啊？來吧，坐下吧。」

「喔，好。」

我讓不禁懸空的屁股再次坐下。

儘管乖乖聽話坐下來了，還是沒釐清現況。

「故事……妳說什麼故事？」

「我啊，在找一本叫做《藝術維基》的書。」

埃爾慢慢地如此說道。

面對這沒聽過的單字，我忍不住複誦一次。

「《藝術維基》？」

「沒錯，《藝術維基》。魔法、魔物、迷宮、諸神……這本書籍詳細記錄了這世上的所有事情。」

「是喔～聽起來好像是攻略本。」

「攻略本？那是什麼？」

「沒、沒什麼，我在自言自語。妳忘了吧。」

詳細記錄著魔物和道具的資訊，那本書聽起來就像是攻略本。

（要不然就是攻略＠ wiki 之類的。）

——嗯？＠wiki？

（＠wiki……At 維基……《Art 維基》……）

「我的夢想是閱讀完整的《藝術維基》。圖書館裡雖然藏有書本的一部分內容，但說實在的，完全不夠。儘管也有在遺跡或迷宮找到內頁，但比起完整書籍，還差得遠呢。所以，我就像這樣盡量聽取他人的故事。偶爾會在出乎預料的地方得到情報。雖然找到的大多是書本節錄，有時候也能找到釘在一起的數張書頁。所以我才想聽你說些故……嗯，怎麼啦？」

埃爾滔滔不絕訴說出對《藝術維基》的熱情。

中途潑她冷水很不好意思，但我說什麼都很在意一點。

「我問妳，《藝術維基》這本書的書名，是不是這樣寫？」

我拿起桌上的羽毛筆，在像是筆記紙的紙張上寫出「@wiki」的字樣。

接著，目睹這些文字的埃爾像是彈跳起來般發出尖叫。

「你知道的真清楚！沒錯，《藝術維基》就是那樣寫的！真是人不可貌相，你竟然會寫古代語，原來這麼知識淵博啊！你想必有接觸過零碎的書頁吧？不愧是王立學園錄取的人才……該不會你手邊，留有那些書頁？」

埃爾使用滿懷期待的閃亮目光詢問我。

（人不可貌相這句話是多餘的。）

我在心中吐嘈，沒打算要特別賣關子，開始敘述。

「《藝術維基》……正確而言是叫做『At維基』。沒錯，我有喔。」

「啊啊，這樣啊！你有啊！而且你擁有的書頁甚至記載著古代語的正確發音嗎？太棒了！那可是貴重的史料啊！請務必賣給我好嗎？我不會囉嗦價碼的喔！」

「啊，不是啦。我擁有的是『真品』。」

「這樣啊，是真品啊！那真是太厲害…………咦？」

興高采烈的埃爾僵住了笑臉。

她頂著那張尷尬的笑容，朝我問道。

「你剛剛……說什麼……？」

「所以我說我有啊。@wiki。」

我說了聲「妳瞧」，從道具欄裡拿出 @wiki 給她看個清楚。

我把封面上標示著《「Another World Online」@wiki》的精裝硬皮書沉甸甸放到桌上。

「………………………咦？」

事態急速轉變，埃爾似乎一時間無法會意過來。

也不能怪她，畢竟一介庶民就這樣唐突拿出她長年來探求的書本。

「妳看看，是真品吧？啊，就算這麼說妳應該也不清楚吧。那就當作是測試，妳試著說些想要知道的事情吧。這本書裡頭應該都有記載。」

「……啊，咦？啊……那……那就，製作『金屬圓盾』所需要的材料是什麼……？」

再怎麼處於混亂狀態，埃爾骨子裡仍然是個天才。

她說出了騎士團內隱藏製作方法的盾牌名稱——

「啊，那個啊。是什麼樣的材料呢……啊，找到了找到了。『金屬．西札斯的甲殼』、『艾斯托爾杉樹』還有『衝刺．巴法洛皮革』。是這些沒錯吧？」

「…………正確答案。」

看來說對了。那也是理所當然。

「那、那麼，這個怎麼樣！幼龍塔托爾的掉落物品！」

喔喔，那是遙遠國度的魔物啊。是這裡看不到的魔物才對，應該是別的書頁片段或其他情報上所記載的內容。

「那個啊。那魔物會掉落什麼樣的物品？嗯嗯～……啊，找到了。會掉落『龍龜的背甲』。」

「怎麼可能……！」

看來我又說出正確答案了。

埃爾臉色劇變，不斷重複低語著「該不會」。

「那麼……那麼，那本書真的是……」

她發出顫抖的聲音詢問。

我對她自信滿滿地點點頭。

「沒錯，是真的。正是貨真價實的 @wiki。」

「啊、啊啊啊……！」

椅子喀噠地後仰傾倒，埃爾挺著戰戰兢兢的步伐靠近我。

那副帶有陰森氣息的樣子——嗯？好像有點恐怖耶。

「喂、喂喂……？妳怎麼啦……？」

「把那個……」

咚。

我的背後撞上書櫃。看來我剛才已經不知不覺站起身，朝後方退去。

身後完全被書櫃給堵住了。前方則有埃爾漸漸逼近。

「怎、怎麼啦……？」

「把那個……」

埃爾的視線緊盯住 @wiki 不放。她露出一副儼然只有眼珠固定不動的詭異神情。我的背後又感受到今天不知道流淌了第幾次的冷汗。

接著，埃爾越來越接近我——

「喂、喂喂……？」

「把那個…………」

「哪個……？妳、妳想做什麼……？」

「把那個、那個，讓我讀啊啊啊啊啊啊～～～～～～！」

「喔喔喔喔喔喔喔喔喔喔喔喔喔喔！」

喀啪！埃爾緊緊攫住 @wiki。她的眼珠充血，喘息急促。手中力道強勁到指甲都陷了進去，死命要從我手中奪走書籍。

「妳、妳在做什麼啊！住手，書會破掉！放開！」

「拜託你！只要一下下就好！只要前面一點點就行了！只要讓我稍微讀一下我馬上就還給你！」

「笨蛋，那是男人會講的台詞吧！唔，別，妳這個……可惡，先離我遠點！」

「不要！我絕對不離開！在你給我看書為止我絕對不會走！」

在狹窄的房間裡展開攻防戰的我們。

埃爾察覺到搶不走書籍，索性握住我的手臂打算扯下。

「咿咿咿咿！咿咿咿咿咿咿！讓我讀！讓我讀那本書！」

嘶吼。捶打。啃咬。搔癢攻擊。

埃爾用盡各種手段，試圖奪取@wiki。

那拚命——更正，根本是惡鬼般的模樣，讓我忍俊不住叫出聲。

「我知道了！讓妳讀！讓妳讀啦——！」

我發出悲鳴般的吼叫。在我自己聽來是狼狽的慘叫，埃爾聽聞後卻一百八十度大轉變，露出一副笑呵呵的七福神惠比壽笑臉。

「哎唷，貴大你也真是壞心。既然願意讓我讀這本書，一開始就直說不就好了嘛。」

「是興奮過頭的妳根本沒在聽我說話啊……」

簡直就像什麼事也沒發生過一樣。

疲累的我垂下肩膀，靜靜遞出書本。

「我現在可以讀吧？可以開始讀了對吧？」

埃爾像是孩童一樣眼睛閃耀發光。

我看著坐立難安的她，輕輕頷首同意。

「嗯，可以……等等，根本已經開始讀了。」

@wiki咻！的一聲，瞬間被抽走。

拿起書的埃爾，彷彿要把書本吃進去一樣翻開頁面。

「嗯？只有目錄？接下來都是白紙……喔喔喔！想要知道的事情會自己浮上頁面！原來如此，這就是《藝術維基》的機制嗎！世界萬物的情報量就聚集在這一本書裡面……太美妙了……這實在是太美妙了啊……！」

埃爾的眼神熠熠閃亮，喃喃自語起來。

以防萬一，我面向她說道：

「喂，妳要讀那本書可以，但是只給妳三十分鐘左右喔。時間結束以後我就要回去嘍。我還有工作要做啊。而且我家女僕很可怕，要是偷懶就完了。」

照慣例，這是優米爾託付給我的工作。混水摸魚的懲罰很恐怖。

「喂，妳有在聽我說話嗎？」

「我有在聽啦……喔喔，這個是！」

「妳有聽到就好。」

埃爾完全沒有從書裡抬起頭來。

我稍微感到一絲不安，仍然在時間限制內任憑她閱讀書本。

「不——要——啦——！我還要讀！我還——要——讀——！」

「別強人所難啦……剛才也說過了吧？我還有工作要做啊。」

「我才沒聽說！我才沒聽說有那種事——！」

三十分鐘後，我按照宣言打算回去，結果就變成這種局面了。

埃爾將 @wiki 緊抱在胸中，像個耍賴的小孩一樣在地板上打滾。

「喂，我要走了。所以我說我要回去了啦。」

「那你就把《藝術維基》留下來嘛——！等等再回來拿書不就行了嗎——！嗚嗚哇——！哇啊啊啊啊——！」

「不，把書留下來也是可以……但是只要我一離開，那本書就會消失喔。」

「咦！」

「根據系統方面的機制……說這些妳應該也聽不懂。怎麼說呢……這本書和我合為一體了，要是書本距離我太遠的話就會轉移回到我身邊，就是這種構造。」

「怎麼會這樣……！」

道具欄裡的貴重品，即使弄丟了也會自動回歸原位。

物品距離自己太遠的話就會自己回來，因此沒辦法丟棄，也沒辦法轉讓給他人。

我不太明白為什麼這個世界裡也按照這個規則運作，總而言之就是這樣。

「好了，這下妳可以放棄了吧？把書還給我，不然我就要回去嘍。」

「不要————！」

埃爾抱著書，站在門扇前，擋住通路不讓我過。

她的行徑根本完全退化成幼兒，淚眼瞪視著我。

饒了我吧，想哭的應該是我才對。

「唉……這下到底該怎麼辦才好啊……？」

我差不多打算使用「睡眠球」來強逼她睡著的時候——

埃爾忽然產生了變化。

「唔咕咕……啊！」

像是靈光一閃，埃爾猛地表情凜然。

她的目光找回了知性。轉瞬間吸回眼淚。

接著，她表現出一副策劃出絕妙提案的神情，向我說道：

「那麼就這樣吧。從明天起，我僱用你擔任我的助手。你就以助手的身分待在這裡吧。不要緊，你只要待在這裡就好了。我只要可以閱讀《藝術維基》就行了，你也可以在工作時間內盡情做你想做的事。乾脆直接睡午覺也可以喲。」

驚駭的衝擊貫穿了我的身體。

還有這招──真沒想到，竟然還有這招──！

「喔、喔喔喔……！」

「如何，這計畫可說是兩全其美……你會接受對吧？」

埃爾露出得逞的笑容，繞到我身後，「砰」地把手搭在我肩膀上。

我將自己的手疊上她的手，笑容開懷，回頭對她說道：

「當然！請務必僱用我吧！」

根本沒有必要猶豫。甚至不需要任何時間思考。

要說為什麼！因為這樣一來！我就能夠大搖大擺地！

偷懶不工作啦！

我能夠偷懶不工作啦啦啦啦啦啦啦！

「優米，感到喜悅吧！我找到穩定工作啦！」

「……您剛剛說什麼？」

省略中途過程，我回到家，抬頭挺胸發表就職報告。

我對著面帶懷疑目光的優米爾自信滿滿地繼續說道：

「所以說我找到穩定工作啦！而且還是那個王立圖書館的研究員的助手喔！」

「……您說的是真的嗎？」

「真的啦！對方叫我明天就快點去工作！聘書在這兒！哎呀～冒險者時代的經驗竟然能夠在這裡派上用場，哈哈哈！」

「……恭喜您。必須要好好慶祝才行。」

優米爾說完，提起購物籃，高高興興地出門了。

今天一定有比平常還豪華的晚餐吧。我從現在起就滿懷期待了。

（呵呵呵……真是一帆風順！）

我想也沒想到竟然會有這麼幸運的事情。

光是偷閒摸魚就可以得到薪水，真的像是在作夢一樣。

「@wiki 萬歲——！」

這種好事竟然會發生在現實，我數不清是第幾次，抱持喜悅高聲歡呼。

—3—

「喂～我過來啦～」

隔天早上，我來到圖書館的地下樓層。

乾乾脆脆穿越禁止進入區域，現在，我敲著埃爾的房門。

「喂～妳不在嗎～」

咚咚咚，我再次敲門，然後——

「我等到不耐煩啦！」

「喔哇啊啊啊！」

發出砰！的一聲，門扇像是彈跳般敞開。

消瘦憔悴的埃爾從裡頭飛撲而出，我則以同樣的距離感飛快退後。

「啊～嚇我一跳！啊～嚇我一跳！」

我壓抑住怦怦狂跳的心臟。

埃爾滿不在乎，興奮地把我抓進房間裡。

「哎呀~真是不好意思呀。我想說把昨天讀完的內容做個統整就熬夜，結果好像不知不覺睡著了。」

「我看得出來，妳眼睛很紅。」

除此之外，衣服也有些凌亂。

無妨，即使看見那種細瘦過頭的身體，我感受到的也不是性感，而是憐憫。

這傢伙幾乎只剩下骨頭和表皮了吧。多吃點飯啦。

「好了，那就快點把書拿出來吧。」

「是是是。」

埃爾笑嘻嘻地伸出雙手。

把 @wiki 的書放到她手上後，她眨眼間就深陷其中。

「妳真的是很喜歡書耶……」

能夠走火入魔到這種地步，就某方面而言說不定算是種幸福。

我半感傻眼，半感佩服，把「空氣軟墊」拿出來放到地上。

「那麼，我也開始做我想做的事啦。」

被書山團團包圍，我毫不顧慮地睡倒在地。

早算好今天早上可以在這裡睡覺，昨天我可是熬夜到很晚。
我感到特別睏，這裡既安靜又陰暗，想必能馬上入眠——
一邊思考這種事，我的意識朝夢中世界踏上旅程。

「…………嗯？」
恍恍惚惚地，我睜開眼睛。
時間是……差不多下午兩點多了。睡得真好。
「呼啊～～」
我一面打了個大呵欠，起床。
然後，和我睡前時相同，姿勢完全沒有變化的埃爾身影闖入我眼裡。
她到底是多熱衷啊——
「……肚子好餓。來吃點東西吧。」
早上出門時，優米爾有做便當讓我帶過來。
她說是用昨天剩下的晚餐做的，那一定是大餐——喔喔！
燉雞肉、萵苣與雞蛋、火腿和起司、番茄等等，各種口味的三明治滿滿塞在午餐籃裡。
水壺裡注滿冰涼的紅茶，這可真是讓人毫無怨言的午餐！

「好了，我要開動——……埃爾，妳怎麼樣？妳吃過午餐了嗎？」

有點在意她，於是我如此詢問。

「不，還沒吃。我現在沒時間做那種事。」

這瘦弱到不健康的女人在說什麼啊。

這傢伙會不會總有一天營養失衡死去，或是餓死啊？

「真是沒辦法……拿去，我的午餐分妳，妳吃吧。三明治的話，就能夠一邊吃一邊讀書了吧？」

我看不下去，盡量挑些營養價值高的口味給她。

「嗯……喔喔，真不好意思……」

埃爾沒把臉從書面抬起來，機械式地把三明治塞入口中。

我自己雖然也很隨便，但這傢伙也是個相當嚴重的生活廢人啊。至少感覺不出來有什麼自理生活能力。

（是不是至少要讓她乖乖吃飯啊？）

畢竟對方可是珍貴的僱主大人。

即使只是表面名義，我再怎麼說也是她的助手。

因此我認為多少打理一下她的生活作息也無妨——

我如此心想，然而——

互相扶持的理想僱傭關係——

僅僅三天就產生了裂痕。

「我說啊……我好閒，可以去外面晃晃嗎……？」

「你在說什麼啊。要是你離開了，書不是就會消失嗎？」

「一下下就好了嘛……」

「駁回駁回。你就去睡午覺吧。」

「我已經不想睡了啦……」

即使是我也不可能從早一路睡到晚。

睡了三小時左右就會清醒，就算想再睡回籠覺也難以入眠。

假設真的睡著了，旁邊的埃爾也會——

「所謂的『產廢』是什麼意思啊？」

「為什麼毛毛蟲會被厭惡到這種地步？」

「ＤＰＳ是某種新的概念吧！」

像這樣朝我搭話，每當她說話，我就會被搖醒。

如此一來也沒有辦法安心睡午覺。那我究竟該做些什麼才好——

我也只能「盯著時鐘看」。

我又讀不懂這裡的書，何況我本來就不是愛書人，這裡也沒有任何娛樂能夠讓我消磨時間。然而又無法外出，要是向埃爾搭話……

「我會分心！」

她則會像這樣發出惡鬼般的怒吼。

因此，該怎麼說，我完全無事可做，只能一味盯著時鐘轉動——

對我而言無比艱辛的時間，對埃爾而言，似乎也充滿了苦痛。

「嗯~嗯~不行，這裡也讀不到……」

在夢寐以求的《藝術維基》一書前，埃爾浮現出苦澀的表情。

她手中的書本頁面上，用紅線大大打了叉叉記號。

「所以我不是說了嗎？這是神明的書籍，不是那麼簡單就能讀到的。」

我先假裝是這樣了。

總之，就算不是真正的全能之書，@wiki 也是挺有用處的百科全書。當然不可能全部讓人讀完，裡頭也記錄著過於危險的情報。這些有疑慮的頁面，全部被施下了閱覽限制。

對於 @wiki 針對初學者以及禁止劇情洩漏的限制——

埃爾果然心生不滿，滿腹牢騷。

「不可理喻……我可是等級一百二十級的『高階鍊金術師』喔……！既會使用魔法……也會解讀古代語……竟然連這樣的我都幾乎無法閱覽……！不可能……無法理解……」

以技能之神「因弗」為首，這個世界確實存在著神明。

儘管將這些限制示為神的旨意聽來合情合理，即使如此埃爾似乎就是無法接受，從剛才開始就重複否定的話語。凹瘦憔悴的臉擠出皺紋，臼齒發出尖銳磨牙聲，眼睛裡彷彿閃著火光——

「不行……！讀不到！接下來的部分都無法閱讀！啊啊啊啊啊啊！」

最終陷入了發狂狀態。

抓撓頭髮，髮型變得一團亂，用無法聚焦的雙眼瞪視 @wiki。

我發出帶著嘆息的聲音，對埃爾說道：

「所以啊～……我們結束這種關係吧？」

老實說，我閒到發慌，幾乎都快要長出黴菌來了。

儘管可以盡情睡午覺，這裡卻沒有自由。這讓我無法忍受。

埃爾看起來也很痛苦，乾脆就這樣結束，恢復從前的關係吧——

我才剛提出這個建議，就發現埃爾不發一語。

「…………………………………」

她整個人像是當機一樣動也不動。

然而，唯有那雙幽暗的視線，緊盯住我不放。

她凝視著我，緩緩張開嘴巴，接著……

「不可以啊啊啊啊啊啊啊啊～～～～啊啊啊！」

向我吼出震耳欲聾的尖叫！

我無法忍受，摀住耳朵，同時間往後退。

「不可以，不可以，不可以！我、我不會把這本書讓任何人讀！這是我的東西！」

「不，是我的東西才對吧。」

「要由我！我要第一個讀完！必須由我來！」

「好、好啦好啦，我知道了，我知道了啦。」

埃爾將書緊摟在懷中，獨占慾暴露無遺。

這傢伙對《藝術維基》的執著心根本來到異常的地步。要是我就這樣直接回去，她說不定會追殺我到天涯海角，好可怕。

「但是，那本書妳讀不懂吧？妳打算怎麼辦？」

「嗯唔唔唔……嗚嗚嗚嗚～……」

埃爾發出像是流浪狗一樣的呻吟，在房間內來回踱步。
唉，也不能怪她。她看起來確實就像是飼料被拿走的狗。
「……沒辦法。暫時就先保留狀況吧。」
「喔？」
「我會尋找解讀書籍內容的手段，凡事先從這一步開始。」
「喔喔，這樣啊！」
意外地很乾脆。
埃爾將@wiki還給我，開始專注收集起散落在房間四處的筆記紙張。
「畢竟我也想要證實解讀出來的內容。技能、調合、魔物的弱點與行為模式……必須確認的事情和山一樣多。」
「這樣啊、這樣啊。」
看來她肯放棄@wiki了。
至少我這猶如軟禁般的生活總算能告終了。
之後只要偶爾與她見面，偶爾讓她確認@wiki就行了吧。
只要頻率不高，拜訪這裡其實也不壞——
「那就走吧。首先要去帕多爾大森林。」

「……啥？」

她在說什麼？為什麼現在會冒出地名啊？

「你在發什麼呆啊？好啦，要走嘍。到當地進行證實的實驗。」

「什麼啊啊啊啊啊！」

仔細一瞧，埃爾不知道什麼時候已經揹了個旅行背包。

剛才收集好的筆記紙張已整理好，被她夾在胳臂。攜帶性糧食則放在口袋裡。

橫豎著看都是一副要外出的風格。

「不，等等！為什麼會演變成這樣！而且連我也要一起去？」

「哪有什麼為什麼，你是我的助手吧？當然要幫我忙啊。」

「不對不對不對不對！助手只是官方說法吧！」

「你不想去嗎？」

「當然不想去！」

誰要去什麼帕多爾大森林啊。

坐馬車也得花兩天車程才能抵達喔！而且還是除了森林以外什麼東西也沒有的鬼地方。

何況還得和這女人同行，未免也太悲慘了——

「那麼，我就向她報告吧。」

「……嗯？」

「我記得她叫做優米爾吧。我就把我們之間的事情向她據實奉告吧。」

「什、什、什……！」

——被反將了一軍！

該不會這傢伙，該不會、該不會！

「別擔心，我不會勉強你。我不會勉強，但是如果你能當我的護衛，我會很開心啊。」

「妳、妳、妳這個魔女……！」

「我經常被這麼說。」

埃爾笑得不懷好意。

乍看之下有點少根筋，實際上卻事先調查了我的背景。也因此，她才抓準我拿優米爾沒轍這點不放。

但是，可不能就這樣被她牽著鼻子走！因為後天可是安息日啊！要是現在前往大森林，我貴重的休假可就泡湯了！

「等、等等！這種實驗，在附近也可以做吧？」

「辦不到喔。要嘗試各種證實法，沒有比大森林更有效率的場所了。」

「不，妳這麼心急地趕過去也沒有用吧？最好慢慢地，循序漸進地……」

「那也辦不到。貴大，時間可是有限的喔！不能浪費。」

「唔唔唔……！」

和稍早的情勢相反過來，這次換我逐漸被逼入絕境。

再這樣下去絕對會被拖到大森林，逃跑的話則會觸動優米爾的逆鱗。

現在正可謂「前進是地獄，退後也是地獄」。要是不想出辦法突破眼前的困境，我超級寶貴的休假就要——

「啊！」

「嗯？」

我忽然靈機一動，想起某件事。

沒錯，要說實驗地點的話，不是有個適合的好地方嘛！

「學園迷宮！只要潛入學園迷宮就好了啊！」

「學園迷宮？」

「沒錯，學園迷宮！不是很適合嗎？」

「我說你啊，那裡頂多也只有地下十層喔。ＢＯＳＳ很弱，魔物的種類也很稀少。那種地方哪能做出什麼好實驗。」

「這妳就錯了。」

「怎麼說？」

「那裡可是有地下三十層。」

「啊？」

埃爾浮現出困惑表情，身體僵硬。

我一面因又要說明這件事而感到興味索然，心中卻也因為找到解決方法而感到喜悅。

—4—

教室門一開，立即就聽見法蘭莎威風凜凜的聲音。

「起立！」

聽見她的施令，學生們動作整齊劃一地站立起來。

面向他們，我舉起手，態度隨興。

「哦～大家早安。你們還是一樣有精神呢。」

「「「老師早安！」」」

「坐下！」

法蘭莎再度施下號令，三十名學生一齊坐回座位。

我確認他們都坐好後，再度開口。

「好啦，那麼，我打算開始上課了。」

語畢，學生們拿起羽毛筆。

他們打算把我說的話給記下來。我心想著真是勤學。

不過，今天的我比起教課還有其他事情得優先告知他們。

「啊～在上課之前，我有個人想介紹給你們。」

學生們瞪大眼睛盯著我。

這也難怪。事發突然，消息應該還沒傳到他們耳裡才是。

我自己本身也沒有預料到會演變成這樣——

無妨。總之先開始介紹吧。

「那麼，老師，請進來吧。」

教室門緩緩被拉開來。

步入教室內的，是一名身材細瘦的精靈。

「喂、喂……？」

「那是誰啊……？」

上衣外披了件白袍，戴上俐落眼鏡的黑髮女精靈。她的登場使學生們無法隱藏住動搖。

然而，女性完全無視眼前的騷動，站到講台前。

「請多關照。」

她用著與埃爾相同的聲音說道。

學園迷宮發現了新的階層。

埃爾得知此事後，求知慾受到驅使，當場打算衝到現場去。

因此，我才會像這樣拚死地阻止她。除了阻止她以外別無他法。放任這傢伙外出的話會有何結果，簡簡單單就能預料。

「妳看看妳那身打扮！ＴＰＯ！搞清楚ＴＰＯ啊！」

「那是什麼意思啊，是古代語之類的嗎？」

我委婉點形容，這個人看起來就像喪屍，要不然就是食屍鬼或死靈。

換言之和不死族沒兩樣，要是就這樣放她到街上，二話不說就會慘遭討伐。

因此我費盡所能壓制住她，死命大叫。

「追根究柢，非相關人員無法進入學園迷宮啦！」

「你說什麼……？」

聽到這裡，埃爾終於停下腳步。

「不能用你的權限想點辦法嗎！」

「我只是區區一名講師耶。沒有辦法帶著外部人進入迷宮啦。」

「那我也成為講師！如此一來就沒有任何問題了吧！」

「什麼？那種事做得到嗎？」

「實際上你就被學園採用了不是嗎？」

「話是沒錯啦。」

我曖昧地點點頭，埃爾再次打算拔腿衝出去。

「給我等等——！所以我說妳那副模樣沒辦法到外面啦！」

「唔唔……你還真難纏。」

「至少去給我洗個澡再過來！」

直到埃爾妥協為止，這類對應往來持續了好幾次。

去洗澡、修剪頭髮、換件新衣服。

我和埃爾約定只要她達成這些條件，就會帶領她進入學園，然而——

結果，我目睹了難以置信的景象。

「呼。好久沒剪頭髮了。」

「…………………啥？」

為打理好儀容整潔，埃爾前往她所使用的圖書館員休息室。

從休息室裡走出來的，是名與埃爾外貌天差地遠的女性精靈。

「妳、妳誰啊？」

「你還真失禮。是我啊，埃爾。」

「騙人的吧？怎麼可能，妳絕對是騙人的吧！」

「你是怎樣，疑心病真重。」

對方的聲音我確實有印象。但是……

「不對，可是，埃爾原本沒有那對精靈耳朵吧！」

精靈種族特有的尖長耳朵。

那對耳朵就在埃爾臉龐兩側微微晃動。

「啊啊，你說這個啊？耳朵被頭髮纏住了，很礙事啊。你應該是因為這樣才沒看到的吧？」

「妳那根本已經不是耳朵被頭髮纏住的程度了吧……！」

「你說的也沒錯啦，哈哈哈。」

回想起來，她之前確實保持著頭兩邊側面稍稍隆起、又翹又膨的荒唐髮型。

那髮型充分預留了隱藏那對耳朵的空間。

「原來如此，妳是精靈啊……」

揭露這衝擊性的事實後，不知為何，我一舉疲勞了起來。

「好啦，我們走吧！學園就在旁邊而已！」

埃爾拖曳著疲憊的我，意氣風發地朝向學園邁進。

結果學園陷入一片騷動，不知怎的甚至連校長都飛奔了過來。

（真沒想到會演變成這樣。）

教師們嚇得目瞪口呆、發出尖叫、倉促來回踱步，或是冒出奇怪的冷汗。

接著校長急忙介入其中，談了幾句話後就立即採用埃爾。事態進展未免太過迅速，我和學園方直到現在仍處於混亂之中。

「所以說，佐山老師。那位女性是哪位呢？」

我發愣的期間，法蘭莎朝我搭話。

也對，她會好奇嘛，會好奇是理所當然的。不過我該怎麼說明才好？

「就由我來回答吧。」

我還在迷惘時，埃爾開始了說明。也好，這裡就交給她處理吧。

我向後退一步，取而代之，埃爾向前走了一步。

她神態自若，沒特別抖擻精神，平鋪直述地開口——

「我是這所學園的新講師，埃爾·米爾·烏路爾。」

「唔！」

教室裡的空氣霎時出現變化。

光靠一句話，單單說出自己的名字，埃爾就徹底讓學生們騷動起來。

「老、老師。老師您該不會是，那個王立圖書館的……？」

「沒錯，我是那裡的研究員。」

學生們騷然蠢動。他們的譁然越發強烈。

（她果然是名人啊。而且遠比我想像中的還有名。）

見識過大家昨天與今天的反應，埃爾似乎大有來歷。

就連此刻，法蘭莎也露出一副無血色的神情，顫抖舉起手。

「那個，佐山老師？剛剛這番話，是真的嗎……？」

看來她不敢置信。

然而，這些話全部一字不虛。埃爾說的全部，全部都是真的。

「是啊，是真的。埃爾老師是王立圖書館的研究員。她會在研究期間的空檔來這裡授課。」

「「「喔喔喔喔喔～～……！」」」

看來是理解到這個事實了，教室內同時響起感嘆歡聲。

「好厲害，太厲害了！」

「那個埃爾女士竟然……！」

「烏路爾教授來到了我們學園裡！」

學生們熱烈的喧譁聲四起。

見狀，我撫撫胸口，放下心來。

（太好啦……這下就不用回去那個鬧到發慌的地獄了。）

埃爾似乎暫時會在學園迷宮裡嘗試各種實驗。

看來今後只要偶爾讓她確認 @wiki 就好了。在學園裡也能碰面，有需要的時候，她也會過來拿書。

學生們也會把焦點轉移到埃爾身上，針對我的各種奇怪埋伏追趕也會漸漸減少才對。

想到這裡，真是轉禍為福，但是——

（問題在於……）

想到某件事，我的心情不自覺沉重起來。

—5—

（好啦，該怎麼和那傢伙說明呢？）

結束學園的工作，我回到自宅，讓優米爾幫我揉揉肩膀。

「……主人，這樣舒服嗎？」

「是、是啊，很舒服喔。」

「……那真是太好了。」

自從我穩定就職以來，這個女僕的心情一直都很好。

我下班回來後，她比起平常更加體貼照顧我。

「……真讓我無比感慨。」

「妳、妳說什麼？」

「……主人能夠找到穩定工作，我真的非常高興。」

「唔唔唔！」

聽見這番話真是痛苦。她這麼一說，我就無法開口提起要緊事了。

但我必須說出口才行，要是不坦承的話，下場會——

「啊，話說……回來，我、我有事情，那個……要跟妳說……」

「……好的，請問是什麼事情呢？是工作上遇見了什麼困難嗎？還是人際關係方面的問題呢？如果您不介意的話，我什麼都可以聽您說喔。」

猶如聖母般的寬容啊。

但是，對現在的我而言……反而很恐怖。

「我希望妳不要誤會，好好聽我說……好、好嗎？」

「……好的。」

「圖書館的工作結束了。也就是那個，該怎麼說……穩定工作告終了。」

「……您……做了些什麼？」

咻咻，背後散發出陰涼寒氣。

每次都會感受到的熟稔——不，前所未有的感覺正害我的背脊毛骨悚然地顫抖。

「不、不是的，不是那樣的！並不是因為我闖禍了！」

「……既然認真工作沒有失敗，那為什麼不到一星期就丟了工作呢？」

「這是有很複雜的理由……！」

我把助手的工作當作保護傘，正大光明地偷懶啦！

那種話我哪說得出口！儘管如此，也想不到其他更精明的藉口！

我束手無策，支支吾吾說不出話來。

「……我要處罰您。」

優米爾拿出了「那個」。

「那、那是……『龍皮扇』……？」

「龍皮扇」——那是由白龍的表皮製成的純白摺扇。

會讓對象產生「必須被揍才行」的想法，附加攻擊百發百中的【吐嘈】效果。這把摺扇看似搞笑表演的道具，實際上可是堪稱斥侯職種殺手的堂堂武器。

「冷靜點！慢著，冷靜下來啊！不，應該說，為什麼妳會有那種東西！」

「……在主人給我的道具箱裡找到的。您是早就預料到會發生這種事了對吧？您的態度令人敬佩。」

「不對！才不是這樣，優米！」

我只是單純不擅長打掃整理而已。那種自虐的想法，我絲毫未有。

尚未找到解釋的閒暇，我就遭到火辣辣的追殺——

然後，純白的「龍皮扇」響出聲響，朝我重重揮下——

「住、住手……！不要啊！啊——！」

這天夜晚，我不斷地、不斷地被痛毆，直到屁股紅腫起來為止。

傳聞中的魔女……

埃爾・米爾・烏路爾

隸屬於王立圖書館的研究者。被他人視為圖書館的魔女所畏懼，瘋狂的天才。

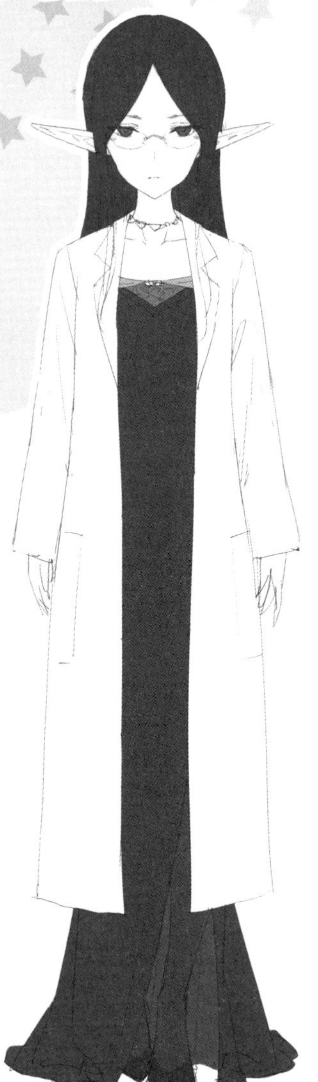

年齡
27歲

性別
女

種族
精靈（異變種）

等級
120

職業
「高階鍊金術師」

自由人生

異世界萬事通奮鬥記

第四章 老鼠與冒險者公會篇

—1—

「……主人，您知道嗎？今天是每個月一次的冒險者公會定期例會。」

「哦～這樣啊……然後咧？」

「……主人身為『自由人生』的店主，必須出席定期例會才行。」

「嗯哼～是這樣喔？」

「……從開始經營萬事通起，像這樣的對話已經重複幾次了？您也差不多該乖乖認命了。」

「因為啊～！那些傢伙可是會把工作硬塞給我耶！豈有此理！」

咚嘎！

我被切落幾根髮絲，起居室的牆壁上深深卡著一把粗野的柴刀。

優米爾的【投擲】技能，今天看來也是精湛無比。

「……豈有此理的是主人您。要是不出席定期例會，公會就不會把工作分派給我們嘍。」

「有、有什麼關係！公會丟過來的工作盡是些麻煩的內容！我可是擅長滯留在同個地域類型的人！只要一星期兩三次處理附近鄰居的委託就行了啦！」

我可不能每次每次都屈服於優米爾的暴力。

不能輸給柴刀的威脅，我勇猛果敢地提倡起自己的主張——

「請您出席。」

「遵命。」

優米爾的目光冷峻。

於是我的回應立刻脫口而出。

她的反應代表忍耐的理智線已經斷了，同時也象徵我身體某個部位可能會被切斷的前兆。

都演變成這樣，除了點頭頷首外別無他法。彷彿就是巴夫洛夫的狗般的反射動作。儘管丟盡了店主的面子，但遠比惹優米爾生氣好多了。

「……聽好了，主人。您可不能踏進公會大廳後馬上折回來，然後說您『去了』定期例會。要好好出席才行喔。」

「妳是老媽子嗎！……嘖，我知道了啦！我會乖乖出席！這樣妳滿意了吧？」

「……這樣就行了。」

一如往常，照常運轉的萬事通「自由人生」。

季節已入秋，但如此這般的交流往來，看來暫時仍不會出現變化。

「這裡還是沒變啊，大得誇張。」

從家裡徒步距離約三十分鐘，搭乘馬車的話約十分鐘左右。

在這距離微妙的場所，超級巨大的建築物就聳然矗立在不遠處。

「冒險者公會本部本館」。

稍微讓人聯想到羅馬競技場或巴別塔的建築物，總之就是又大又氣派。明顯與支部和分館有著規模之差。

一副堂堂大國伊森德王國的冒險者公會就位於此的模樣。

今天舉行定期例會，比起平日更加熙熙攘攘。

「定期例會……啊~可惡，提不起勁啊……」

反正這個月也只會被硬塞一堆棘手的麻煩事而已。

你們這群傢伙別老是胡亂接受委託，遇到麻煩事就扔給我啊。

「唉唉……沒辦法，進去吧。」

沒錯。一直在入口徘徊踱步也不是辦法。

還是乖乖做好覺悟，快點進去裡面吧。

「喂，『老鼠』出現啦。」

「還是和以前一樣寒酸呢。」

「真不想變得像他那樣……嘻嘻。」

忽然就遭到嘲笑了。附近的冒險者一看見我就開始發出笑聲。

啊～……我竟然也早就已經習慣這種嘲諷了。

被稱作老鼠也不會感到特別氣憤。別管他們了，別管他們。

「喂，老鼠！」

「……嗯？」

「你來這裡做什麼啊！」

有個傢伙專程跑過來挑釁。誰啊？

「什麼嘛，是艾露緹啊。」

「啊啊？別隨便喊我的名字，你這混蛋老鼠！」

對方一面說道，神經兮兮地發起怒來。是名一頭紅髮的女孩子。

這傢伙叫做艾露緹。艾露緹・布雷布・史卡雷特・卡斯提利亞。

擁有這響噹噹全名的她，是公會長的女兒。

基於此點，在冒險者當中，她也被視為將來有望的年輕人。

我記得等級好像是九十六級吧？職業是「輕鬥士」，特長是肉眼難以捕捉的速度。她會活用嬌小的體型，一次又一次地衝向敵人懷中。就是擅於此類戰鬥風格的冒險者。

由於我們的戰鬥方式有共通點，以前她曾提議和我交手切磋過，只是——

約莫一年前開始，我辭掉冒險者的工作以後，她就徹底厭惡起我來了。

「你這個半吊子！」

大概是這種感覺，一旦碰上面就會遭受她粗魯的數落。

為什麼會演變成這樣——我想應該是有某個導火線。

總之，對艾露緹而言我是隻「老鼠」，對其他冒險者而言我依然是隻「老鼠」。只有逃跑速度飛快，沒有勇氣與敵人正面交鋒的老鼠。他們會這樣認為也沒錯，因此我始終任憑他們嘲諷，沒打算辯解。

「喂，老鼠！」

「又怎麼了啦。」

「你可別想著要撿便宜喔，我不會讓你這麼做的。」

「啊？」

我無視艾露緹繼續向前走，她卻說了奇怪的話。

撿便宜？是指委託的事嗎？我才沒打算要那種東西，反倒還想推給別人呢。

「好啊，委託案什麼的，我才不要。」

「啊啊？你別裝傻。還是說你是害怕得想要逃跑啦？」

「什麼？」

「我是說繁殖期的事！喂！你該不會連這個也忘了吧！」

艾露緹的話語引起現場人聲鼎沸。

以眾人的嘲笑聲為中心，只有艾露緹臉上浮現出憤怒的表情。

她毫不隱藏輕蔑的神色，彷彿像在訴說「你這傢伙就是隻徹頭徹尾的混蛋老鼠」——

（……沒辦法裝作沒聽到。）

沒錯。我怎麼可能當作沒聽到。

唯有那句話，我不能充耳不聞。

說我害怕？說我想逃跑？而且……

（她說繁殖期……？）

啊～已經來到這種季節啦。

真是有夠麻煩……

—2—

這個世界存在名為「魔素」的物質。

流瀉於大地之下，朝高空噴發而出，歸還於大海，又再次潛伏於地底之間。

重複循環的大量粒子。蘊藏星雲之力，寄宿在萬物之中的奇蹟碎片。

累積此物質，生物能夠成長得更為強悍，更為堅韌。

嗯，總之，坦白講就是經驗值啦。

至於所謂的繁殖期，就是指練等經驗值加倍的期間。

（繁殖期啊。）

每到秋季，大氣中的「魔素」濃度就會提高。

多虧這點，各種作物都會更加成長茁壯——

然而，同時間魔物也會大量出沒，精神百倍地肆虐一番。

畢竟「魔素」可謂魔物的活力來源。即使沒有攝取水分或食物，只要有「魔素」在，魔物們就得以生存。

當中也有從沉澱的「魔素」中誕生的魔物。

對人類有益的「魔素」，同時也是足以孕育出魔物的威脅。

因此，這世界的居民們語帶諷刺，將現在這個季節稱為繁殖期。

（已經來到這個季節啦～）

到了這種時節，我就會想起「Another World Online」的事情。

那個遊戲裡也有叫做練功育成祭典的活動，每年到了秋天就會出現大量魔物。

那可真是源源不絕地湧出來，甚至連平時不常現身的稀有魔物，也能在活動期間屢次遭遇。

對於收集道具、提昇等級而言，可是絕佳的美好時期。

從初學者到上級者，一到秋天，人們都會為了狩獵魔物而陷入瘋狂。

（但那成為現實的話，可不是鬧著玩的啊。）

砍倒樹木，讓地面響徹出震動，成群的魔物一鼓作氣湧上來。

我第一次看到這副景象時嚇得腿軟，打也不打就逃跑了。

嚇得連眼淚都流出來，老實說，是真的感到恐懼。

只是，怎麼說呢，關於這個繁殖期，到今年為止也經歷了三次。

都體驗了三次，感覺已經變成像是季節特有的風俗民情了。

（對迎擊魔物也立好了計畫。）

有別於毫無秩序可言的成群魔物，人類可是擁有組織能力。

騎士團、自警團、魔法大隊與冒險者公會。這類組織擁有團體戰鬥的知識，其技術也是花費漫長歷史所磨練累積而出。

學園學生們擅長的一齊攻擊，大概也是其中一種戰術。面對成群結隊攻過來的魔物，人們多半會採取此戰術一起發動魔法攻擊。

有這樣的戰鬥技術，即使發生了什麼萬一也不會輸。只要別太過得意忘形，基本上不會出現死者。

要說為何能如此肯定，是因為這不過只是在狩獵小嘍囉。是所有人一齊狩獵大量出沒的低等魔物的活動！

雖說如此，魔物的數量仍然會產生威脅，因此為了對應必須有所準備。

看來今天的定期例會就是為了這個原因，血氣方剛的冒險者們雜亂群聚在公會大廳裡。

「喂，老鼠！你在發什麼呆啊？」

「嗯？啊啊，抱歉。」

艾露緹的聲音讓我猛然回過神。

艾露緹對我露出打從心底嫌惡的表情，開始非難。

「你大概又是在想些什麼掉落道具的事情了吧！丟人現眼的傢伙……所以你才會被稱作老鼠。別想那種事，思考該如何英勇戰鬥才是冒險者該做的吧！大家，我沒說錯吧！」

「喔喔，沒錯！」

「拿我們和那種老鼠比較，我們可是會很困擾啊！」

周圍的冒險者勇猛地說道。艾露緹心滿意足地點點頭。

然而，對於必須配合這種氣氛的我來說，有點希望他們能夠饒過我。

（我真的很不擅長這種體育系的氣氛啊。）

這個城市的食物很美味，文化水準也很高。

我很中意這裡，但就是無法跟上這種步調。

因此我總是感到麻煩、厭惡地前來參加定期例會——

（………喔。）

艾露緹瞪向我，對我投以嫌惡時，氣氛忽然產生了變化。

公會大廳彷彿海浪退潮般變得安靜——

伴隨此變化，大廳深處裡出現一股強烈的存在感，朝這裡逼近。

（那傢伙要登場啦。）

咚咚咚的沉重腳步聲。腳步聲的主人立即現身。

「老爸！」

「首領！」

「庫林格大將！」

男人被冠上了各種稱呼。

這傢伙叫做庫林格。庫林格・布雷布・史卡雷特・卡斯提利亞。

眾所皆知的知名冒險者，也是透過力量統率整個冒險者公會的公會長。

等級是驚人的一百四十七級。這也是這個國家內最高的數值，能與之匹敵的恐怕只有國王或是宮廷魔法師長了吧。能提昇到這種頂峰似乎是因為他從前殺盡了魔物，甚至擁有「趕盡殺絕的庫林格」這個別名。

「喔，你們這群傢伙，看來是集合好啦。」

別具威嚴的聲音。等級一百四十七級擁有的魄力可不是蓋的。

鴉雀無聲的公會大廳裡，只有庫林格可以自由掌控場面。

「會議結束了。接下來將傳達內容給各位。」

終於要切入正題了。

所有人都在等待庫林格接續下去，他緩緩開口說道：

「如同你們所知的，這個月是繁殖期。根據騎士團與支部的聯絡，魔物似乎已經開始群聚，四處作亂了。」

「還真快……」

「別緊張，沒什麼大不了的啦。」

冒險者們有些嘈雜起來。

庫林格沒漏聽這些話語，繼續鼓舞同伴。

「沒錯，這沒什麼大不了的！就和平常一樣，用我們的力量將其粉碎吧！」

「「「喔喔！」」」

「騎士團的那群成員們只會防守而已！魔法大隊們也只會蹲在城寨裡不出來！還是沒變，盡是一群膽小鬼啊，喂喂？」

「沒錯！」

「說得沒錯！」

「我們當然要主動出擊！和最強悍的魔物群直接正面交鋒，堂堂正正，來個大開殺戒吧！」

「「「喔喔喔喔喔喔喔喔喔喔喔喔喔喔！」」」

浩大的鼓譟聲使公會大廳為之震動。

冒險者們的士氣已攀升到頂點。

（真不愧有領袖魅力。）

照這樣看來，這次的繁殖期應該也能順利度過——

「『刺針』擔任右翼，『銀色耳環』也負責右翼。」

之後，庫林格將會議內容親自傳達給各個冒險者與冒險者小組。

究竟該把誰分配在什麼位置。面對這各司其職的分配，冒險者們紛紛表現出「真不愧是庫林格大將」的佩服心。

「艾露緹，妳負責擔任游擊隊的一員。要好好努力啊。」

「明白了！交給我吧！」

對女兒艾露緹也做出適才適所的分配，賦予她在戰場上四處靈活奔馳的職責。

也對，那傢伙動作很敏捷啊。非常擅長擔任游擊活動。

「菲林格斯，你們『傑克提燈』負責擔任輸送隊。儘管把回復藥和武器送上前線吧。」

「請交給我吧！」

哦——菲林格斯那裡負責擔任輸送隊啊。

也對，那群傢伙原本是旅行商人。這職務對他而言可說是發揮看家本領。

「辛西亞則是醫護隊。要好好努力啊。」

「好的！公會長！」

那孩子是新面孔。給人一種一看就擅長使用回復技能的感覺。

醫護隊雖然很辛苦，但本人看起來充滿了幹勁。

（好了，差不多該輪到我了。）

儘管百般不願，但萬事通也歸在冒險者公會的管轄下。

因此我應該也會被指派某些職務才對──

「好了，那麼就解散吧！出發時間是明天早上！」

「「「喔喔喔喔喔喔喔喔喔喔！」」」

──咦咦？

結束了。會議內容的傳達告一段落了。

冒險者們三三兩兩地解散，不知為何，只有我一個人被留在原地──咦咦？

「咦？那個，我呢？」

起初我以為自己漏聽了，不過我真的沒有被叫到。

所以我開口詢問，只是──

庫林格一臉嚴峻逼近我，如此說道：

「聽好了，老鼠啊。像你這種只出一張嘴的傢伙，我無法相信。」

「喔喔……」

「如果是以前的你就算了，現在的你根本只是個廢物。我怎麼可能把同伴託付給你這種人。」

「也是，你說得沒錯。」

以前是以前，現在是現在。

姑且別論兩年前，如今的我毫無幹勁可言。

不知庫林格是否察覺了這點，露出稍微試探我的眼神，然後——

「……你這傢伙給我去後方基地待機！」

他當場用鼻子發出「哼！」一聲，踩著豪邁的腳步聲離開了。

他的表情不悅到極點，好似鬃毛的紅髮因為憤怒而逆豎起來。

看來我被這對卡斯提利亞親子厭惡到不行呢。

算了，說是無可奈何也無可奈何——不過比起那些，還有其他重點！

（太好啦～！這下幾乎不用勞動就可以收工了！）

待機！在後方基地待機！啊啊，多麼美妙的詞彙啊！

大概沒什麼工作要做吧！甚至也沒什麼上場機會！

這就是所謂的喜出望外嗎？我不禁握緊拳頭，擺出勝利姿勢。

「……嘖。」

儘管似乎聽見艾露緹發出咂嘴的聲音，但我完全沒放在心上。

—3—

『東邊有小隊規模的哥布林朝這裡過來了！保持警戒！』

『什麼？正打算擊垮樹木巨人時就馬上……！喂！找人手過去支援啊！』

『我們這裡也騰不出手來啦！可惡……喂，老鼠！去擾亂哥布林！反正你這傢伙除了逃跑速度很快以外也沒其他才能了！』

「是是是——……」

經由公開頻道的【呼叫】，命令我的指示傳了過來。

我發出含糊的回應，慢吞吞地前往指定場所。

「結果還是很忙嘛……可惡。」

一邊抱怨，一邊小跑步邁向森林道路。沿路上能夠在森林各處聽見刀劍互擊、施放魔法的聲音。

「唉唉……這已經是第四趟了嗎？」

此地「杜．馬利賽溪谷」，自戰鬥開始不過也才經過三小時左右。

短短幾小時內，我已經接收到四次的救援指示。

「食人植物和瘋狂鳥，接著是青銅甲蟲，這次是哥布林啊。」

無論哪種，盡是些等級四五十級的小嘍囉。

竟然不是叫我打倒，而是阻擋牠們——

總之，看來是把我當成方便的工具人了。

他們只打算收割各種甜頭與功勞。

老實說，這實在讓人感到不快，但以我的立場，也無法表態自己的不滿。

「我就盡量發洩鬱悶吧。」

如此決定後，我漸漸提昇速度。

脫離森林道路，穿越山道，從山坡斜面氣勢十足地飛躍而起。

「放馬過來吧！你們這群哥布林！」

「嘰咿咿咿！」

「來吧來吧，這裡，我在這裡！」

遇上突然跳躍而出的我，哥布林小隊霎時間無法反應。

我不過像是畫圓圈那樣繞著他們跑，這群小鬼的視線就跟著我一同打轉。

「嘎啊啊啊啊！」

當中也有魯莽襲擊過來的傢伙，然而遭受山間樹林的阻撓，無法好好揮舞棍棒。何止如此，襲擊過來的哥布林相互推擠成一團，變成像是擠饅頭（註：一種日本的遊戲，四個人以上聚在一起互相以肩膀或背部推擠彼此）那樣逐漸僵硬在原地。

然後，冒險者隊伍們抓準時機出現了——

「老鼠啊！就你而言算是做得很好了！接下來就交給我們吧！」

看來他們的目標不是想提昇等級。而是掉落物品啊。

那群貪婪的男人們眼睛發光，高舉劍刃，朝哥布林小隊展開突擊。

「是是是，我知道啦。」

既然都說交給他們了，我也只能照辦。

我馬上離開現場，暫時先回歸後方基地。

在這期間，聆聽公用頻道的對話，可以得知各式各樣的內容。

『你那裡怎麼樣？』

『結果很好！但是好像有個很大的東西出現了？』

『庫林格先生朝那裡前進了！很快就能解決了吧！』

『萬歲！真不愧是庫林格老爺！』

作戰似乎進展得很順利。

有庫林格出馬，那個大塊頭應該一瞬間就會變成肉醬吧。

「嗯，也是可想而知啦。」

結果，我根本完全沒有必要做些什麼。

這個世界的人們數年、數十年、數百年以來都是如此與魔物戰鬥。

直到現在才冒出像我這樣的人，也沒有什麼我能辦到的事情——

『發現了食人魔群！數量十隻！正筆直朝前線基地接近！』

我又聽見了【呼叫】。

看來食人魔出現了，而且一次來十隻可真稀奇。

「我來瞧瞧。」

我輕鬆爬上高聳的樹木，發動了技能【鷹眼】。

擁有遠視效果的【鷹眼】技能相當方便，有它就用不著使用望遠鏡了。發動此技能後，連無比遙遠的事物都能看得一清二楚。

「喔喔，那確實是食人魔沒錯啊。」

數十公里遠的山邊斜面，如報告內容所說，出現了食人魔們的身影。

擁有茶色肌膚的大鬼們，嘿咻嘿咻地搬運著箱子。

「……嗯？那是什麼啊？」

食人魔們搬運著遠比他們巨大寬長的箱子。

外觀看來有點像是捆包好的床套組，但那種東西當然不可能出現在山林裡。

『那個箱子是什麼啊？』

『恐怕是哥布林．炸彈魔製作的炸彈吧。可是體積還真大啊。』

『牠們是打算用那個把這裡整個炸飛吧。手邊有空的傢伙快集中去攻擊食人魔！只要利用我們這裡的炸彈誘導引爆對方的炸彈，一擊就可以了結！』

『喔喔！交給我們吧！』

前線基地成員之間的對話透過【呼叫】傳遞了過來。

（原來如此。這次敵人群集的ＢＯＳＳ是哥布林．炸彈魔啊。）

ＢＯＳＳ通常給人會是哥布林術士的刻板印象，然而這次並非如此。

不過，本來也就不存在「ＢＯＳＳ一定是哥布林術士」的法則。

只要智力夠高，擁有能夠統率群體的能力，那個魔物就會自動成為ＢＯＳＳ。

而這次的ＢＯＳＳ就是哥布林．炸彈魔。

（感覺是相當聰明的對手啊。）

哥布林．炸彈魔擁有製作炸彈的技能。

看來牠們是打算利用技能製造出大型炸彈，一口氣把我方的主要據點給炸飛。

並非在各地展開零碎攻擊，而是藉由集中砲火策劃扭轉情勢——看來牠們多少會用點腦了。

然而，充其量不過是哥布林的小聰明。

以隱密行動來說，食人魔有點太醒目了。

『久等啦！交給我們吧！』

看吧，游擊隊已經飛奔過來了。

艾露緹率領的小隊接收到食人魔現身的報告後，折回來了。

『喝啊啊啊啊！』

『接招吧！』

雖說是食人魔，說穿了不過也是低等魔物的一種。

等級七十級左右的食人魔當然不是艾露緹的對手，眨眼間數量銳減。

『看招啊啊啊啊！』

如今艾露緹又擊倒了食人魔，數量正好減為一半。

剩下來的五隻食人魔已經無法保護好炸彈了。

『很好，已經可以了！就這樣誘爆炸彈吧！』

炸彈失去食人魔這個肉盾，看來艾露緹他們判斷現在已經是引爆時機了。

艾露緹對同伴下達指示，自己也把手伸向腰包。

他們從中拿出「小型炸彈」——然後一起朝向食人魔拋擲！

「～～～～～～～～～～～～！」

伴隨爆焰與衝擊，巨人們連慘叫都無法發出。

其中一隻倒下，其中一隻跪在地，剩下的食人魔們也奄奄一息——

「……等等，狀況有點奇怪喔？」

在龐大火勢中，被視為炸彈的箱子僅僅崩垮了外殼而已。

裡頭是一具和食人魔們尺寸大小相同的——像是木乃伊的東西。

「那是什麼……？」

那是什麼東西？應該不會和外觀一樣，就是具木乃伊吧？

比起一般木乃伊而言體積太大了，而且，散發出一股莫名的不祥氣息。

「裡面……是不是有著什麼……？」

火焰逐漸延燒到繃帶上，木乃伊的內部緩緩袒露而出。

而後，從中出現的是——

「等等……！喂，等一下啊！」

來到此地，我首次因為顫慄而緊繃身體。

如同第一次經歷繁殖期那般，死亡的預感湧上腦海。

經由【鷹眼】清晰映照在視野內的巨大形體。

撕裂包裹身軀的繃帶，矗立在艾露緹一行人前方的魔物，其真面目是——

「騙人的吧……！」

等級一百五十級。

特殊魔物——憤怒的惡鬼。

—4—

他們知道那種魔物。

牠是鬼的一種。惡神的眷屬，被憤怒渲染身體的赤紅色食人魔。

光是傳聞的話，他們也有聽說過。

擁有無窮怪力，萬夫莫敵，強力無比的特殊魔物。

所謂憤怒的惡鬼，是在傳說中也有所記載的強大食人魔。

被強大的怒意支配理性，試圖徹底破壞一切的憤怒的惡鬼。

傳聞，這個魔物從前甚至毀掉一個小國家——

如今，這怪物就站立在艾露緹眼前。

（為、為什麼會出現在這種地方……？）

以為裝著炸彈的箱子裡頭，卻出現了一具散發出悚然威嚴感的魔鬼。

憤怒的惡鬼。等級一百五十級的特殊魔物。其力量甚至凌駕於「趕盡殺絕的庫林格」。

目睹這怪物，艾露緹的身體瞬間結凍。

「唔，咕。」

就連習慣對付魔物的艾露緹都不得不僵直身體。

水準差太多了。光就等級差距都是天壤之別。

縱使打算做出對策，庫林格不在場也無能為力。

艾露緹率領的游擊隊與前線基地的成員們，即使全員上陣也無法匹敵。

「嗚、嗚哇啊啊啊啊啊～～～～～～！」

前線基地的一部分成員們見狀，立即落荒而逃。

冒險者或是其他經營萬事通的同行，各個像是樹倒猢猻散一樣從推積起來的土包袋或帳

棚角落逃脫散去。

「真的假的啊……」

背後變得空蕩蕩的，有種被一股冷風撫過頸項的感覺。

若是平常，還有可能吆喝他們沒出息——唯獨這次，逃跑也是情有可原。

光是被那對巨大手臂拂掠而過就有喪命的可能。甚至是等級比冒險者們高、身穿品質精良裝備的艾露緹，只要遭受直接攻擊，都難逃一死。

平日為人可靠的同伴們，現在也只能像是小鹿般顫抖。

「吼嘎啊啊啊啊啊啊啊啊啊啊啊啊啊啊啊啊啊啊啊！」

「「「咿！」」」

憤怒的惡鬼發出咆哮，震碎了游擊隊成員們的戰意。

那是怎樣的豪傑都會心生畏縮的【憤怒的咆哮】。艾露緹的身體也開始脫力，她握緊短劍的手發抖，隨時都有可能鬆脫手裡的武器。

「吼吼吼吼吼吼吼吼吼吼吼吼吼吼吼吼吼吼！」

憤怒的惡鬼響起笨重的腳步聲，朝游擊隊走近。

儘管與牠還有段距離，那副身體仍然顯得龐大。彷彿近在眼前般，惡鬼的氣息撲面襲來。

情勢不妙。不可以愣在原地不動。

就這樣待在原地的話，只會被憤怒的惡鬼給碾碎、撕裂、扭爛蹂躪——

——會被吃掉！

「啊咿、咿、咿啊啊啊啊啊啊啊～～～～～！」

「咦！」

游擊隊的其中一名成員一邊發出怪異叫聲，拔腿就逃。

「我、我也是，我也沒辦法……！」

「誰有辦法對付那種傢伙啊！可惡！」

一人逃脫後，彷彿水壩潰堤般，其他成員接二連三逃走。

「蠢、蠢貨！你們在做什麼啊！」

艾露緹拚命阻止他們，儘管如此——

副隊長卻反而強壓下她。

「小、小姐！逃跑吧！我們也趕緊逃吧！」

「你說這什麼話！附近就是基地了啊！在老爸他們趕回來以前，我們必須要擋住那傢伙才行啊！」

「那就帶著基地的同伴們一起逃吧！好嗎？就這樣做吧！」

「要是那麼做，也只會立刻被追上而已！留在基地的都是傷患！根本連好好跑步都沒辦

法！」

連這種情況都無法釐清，真的是陷入了恐慌。

即使艾露緹打算繼續據理力爭——

憤怒的惡鬼卻已經逼近他們眼前。

「哇啊啊，啊啊啊，來了，過來了！已經不行了，我要逃，我也要逃走！」

「啊！」

終究連副隊長也逃跑了。

平日輕蔑貴大為老鼠的冒險者們，除了艾露緹以外，所有人都像是老鼠般夾著尾巴逃跑。

如今，現場只剩下艾露緹一人。

「吼吼吼吼吼吼吼吼吼吼！」

如山巒般隆隆突起的肌肉。

渾身散發出蒸騰熱氣，瞄準獵物的憤怒的惡鬼。

好可怕。令人感到恐懼。連她自己也想逃跑。

然而，那是不被允許的。艾露緹身為公會長的獨生女，她可是必須貫徹勇敢精神，成為冒險者們榜樣的存在。若是恐懼魔物而逃走，將會使冒險者的權威跌落谷底。

更甚至，她將會無法抬頭面對偉大的父親，以及遺留下光榮戰績的祖先們。

「只能戰鬥了……對吧。」

艾露緹將至今仍在發抖的手伸向腰包。

她將腰包裡的「清醒回復藥」拔開來，一口氣喝乾。

（唔咕！好難喝……！）

足以讓腦袋麻痺的苦味和酸味。

然而，多虧於此，她已經不再顫抖了。也有力氣握緊短劍，身體得以動彈。

「吼嘎啊啊啊啊啊啊啊啊～」

「別那麼心急啊……可惡。」

艾露緹尚未有喘息的間隙，憤怒的惡鬼就高舉手臂。

見狀，艾露緹提高了集中力。

「喝啊啊啊！【看穿】！」

「嘎啊啊啊啊啊啊啊啊啊啊啊啊啊啊啊！」

揮舞而下的巨大手臂，幾乎要重擊她的拳頭。

與之僅有一線之隔，艾露緹閃避開來——

「咕唔唔唔唔！」

這是刺穿大地，捲起土砂的一擊。艾露緹被這股衝擊給轟飛。

然而，她並沒有遭受直擊。能夠瞬間提高迴避能力的技能，至少使她避開了直接攻擊。

即使如此——

「唔、唔……果然還是……辦不到嗎……」

就算沒有受到直接攻擊，光是餘波就足以讓身體傳來麻痺般的疼痛。

她身穿擁有【減輕物理攻擊】效果的「百年樹的胸甲」，卻還是嚐到這種程度的傷害。

傳說中謳歌的魔物果然不是空有外表。

「唔唔，但是啊……我可不會逃走……」

沒錯。她可不能落荒而逃。

為了自己的矜持，也為了身後那些懼怕著的人們。

艾露緹將「高級回復藥」一飲而盡，與憤怒的惡鬼正面對峙。

「放馬過來吧……我可是還活著啊……」

「嘎啊啊啊啊啊啊啊啊啊啊！」

憤怒的惡鬼再次高舉拳頭。

『艾露緹！喂，艾露緹！妳還活著嗎？喂！』

「是……老爸嗎……」

與憤怒的惡鬼展開對峙，究竟經過多久了呢？

十分鐘？三十分鐘？也有可能連五分鐘都還沒經過。

瀕臨極限的集中力拉長了體感時間，連一秒鐘都倍感漫長。讓人以為早就處於這種狀態好長一段時間了，卻又讓人覺得事情才剛發生沒多久。

然而，變化如實呈現在眼前。

「百年樹的胸甲」被彈飛，「小箱炸彈」也告罄。

「高級回復藥」早就喝完了，普通的「回復藥」藥瓶也已破裂。

已經沒有退路了。憤怒的惡鬼使出任何攻擊，都會使艾露緹死亡。

『艾露緹！快離開那裡！再二十分鐘，不，再十分鐘我們就會抵達那裡！妳快點逃跑啊！』

「逃跑……」

或許是進入【呼叫】的傳達距離，庫林格以及主力部隊的其他隊員們的聲音接連傳入通信裡。全員不斷告訴她「快逃！」或是「不可以死！」。

「你們……在說什麼鬼話啊。冒險者不可以拋棄弱者自己逃跑……教導我這些的，可是老爸你們啊……」

『艾露緹……！』

沒錯，艾露緹無法逃跑。正因她是冒險者，正因她以此信念為傲，因此她絕不會逃。

（如果是這樣的話……我最後能做的事……當然只有一件。）

用盡回復藥、失去護身防具的艾露緹，所能做的只剩下一件事。

那就是——

「我要用【獵首】做賭注！」

『唔！』

【獵首】。

那是光靠一擊就能使對方立即死亡的技能。

撕裂頸項，或是砍飛首級，讓對方陷入死亡的必殺劍技。

然而，這項技能會進入對方的攻擊範圍——若失敗了，將要有遭受強烈反擊的覺悟。

『住手，艾露緹！妳辦不到的！住——』

「嘿嘿……抱歉啦，老爹。」

切斷【呼叫】了。接下來需要超越極限的集中力。雜音很礙事。

如果【獵首】成功的話，那再好不過。

若是失敗了淪為一具屍體，也會被憤怒的惡鬼給吃掉才對。

只要能拖延十秒、數十秒的話，獲救的人就會增加。如果都得死，那寧願在微薄的願望下做出賭注。

「媽媽……對不起。」

艾露緹緊緊握住掛在胸口的墜飾項鍊。

那是艾露緹成為冒險者時，母親當作慶祝送給她的護身符。裡頭是塊小小的水晶，上面刻著家族成員們的名字。

「艾露緹，不可以太過逞強喔。妳可是女孩子啊。」

母親將項鍊掛到她脖子上時所說的話，浮現在她耳邊。

結果她還是盡做些逞強又亂來的事，總是讓愛操心的母親感到困擾。到了現在，她格外萌芽出一股愧疚。

「吼嘎啊啊啊啊啊啊啊啊啊！」

「嘖……至少給我一點沉浸在悲傷裡的時間啊……」

看來已經被追趕上了。

儘管已經引誘惡鬼遠離前線基地，對方那副巨大身體卻意外地精力旺盛。

像是散布般吼出叫聲，惡鬼以毫無疲累的氣勢突進衝刺。

「好了，來吧！」

艾露緹像是要給自己提起幹勁般，發出不氣餒的叫喊。

來到這個地步，已經不能一再退避了。她必須做的只有正面與敵人交鋒，然後把對方的首級拿下來！

「嘎吼吼吼吼吼吼吼吼吼吼吼吼吼吼！」

「看招啊啊啊啊啊啊啊啊啊啊啊啊啊！」

突擊。跳躍。轉瞬之間，距離縮短。

一口氣拉近距離，直到對方眼眸裡映照出自己的臉那麼近為止。

「【獵首】！」

短劍力道強勁、精準地劈斬奔騰。

她的速度微乎其微地——比憤怒的惡鬼的攻擊還要快！

比惡鬼揮舞拳頭時還要早一步，艾露緹的短劍襲向敵人的頸項。

（得手了！）

太完美了。艾露緹明白，這會是必殺的一擊。

就這樣像是潛入對方體內般，用短劍把惡鬼的首級給——

——鏗鏘！

短劍被赤黑色的表皮彈開，斷裂。

「什麼！」

失敗了！

領悟到這點的同時，惡鬼的拳頭直擊艾露緹的胸口。

伴隨某種東西碎裂的奇妙清脆聲音，艾露緹的意識陷入一片黑暗。

再次醒來時，艾露緹發現自己倒在地面上。

視線稍微向下瞥，可以看見憤怒的惡鬼的身影。

果然【獵首】失敗了，惡鬼仍然健在。

（但是，為什麼我還活著……？）

那個時候，她確實遭受直接攻擊了。全身傳來激烈疼痛，卻僅只如此。

上半身既沒有變成絞肉，也沒有在空中被四分五裂，究竟是為什麼呢——

不過，無論如何，也只是稍微拖延死期而已。憤怒的惡鬼仍然瞪視著艾露緹，再次緊握住那巨大的手。只要再過十秒，這次她真的會被擊潰。

（老爸……媽媽……大家……）

為了不讓人瞧不起自己是女孩子，為了不讓家族名聲丟臉，她一路努力過來。比起任何人都努力貫徹冒險者的風範。

但是，仍然失敗了。她的力量不足。艾露緹的人生即將在此告終。

儘管如此，她沒打算讓自己的懦弱無能獲得原諒。只是一味地祈禱主力部隊能趕回來。

至少，希望惡鬼殺害的，只有自己一人就足夠——

（再見了……）

她沒有閉上眼。至少直到最後都得秉持住冒險者的勇敢精神。

多虧於此，她能清晰看見憤怒的惡鬼的動作細節。肌肉扭曲膨脹，熱浪般的蒸氣噴湧而上，巨大的拳頭高高舉起——

接著惡鬼的首級掉落地面，發出聲響。

（…………………………咦？）

被切斷的頸項缺口，朝天際迸發出紫色的「魔素」。

簡直就像是興趣惡劣的噴水裝置。

即使落在地面的首級依然保持僵硬的憤怒神情，首級立即碎裂，轉化為「魔素」的粒子。

（發、發生什麼事了……？）

這和利用【獵首】打倒一般食人魔時的狀況如出一轍。

但是，並不是艾露緹做的。因為她失敗了。艾露緹確實失敗了。

（那麼，究竟是誰……？）

她振奮起因為疼痛而即將消失的意識，僅能轉動脖子，環顧周邊。

有人。馬上就看見了。她看見某個男人的背影，黑色裝束包裹全身，右手握住宛如鮮血般赤紅的匕首。是冒險者嗎？

（竟然能砍斷憤怒的惡鬼的首級……）

對方輕而易舉完成了自己無法做到的事情。那股強大力量使艾露緹的心靈為之陶醉。

好想知道。她想知道那個人的真面目。對方究竟是誰？

「呼～……看來是趕上了。」

她在哪聽過這聲音。啊啊，這聲音她好像在哪聽過。

然而，越是想要回想，她的意識就更加遠去——

即使如此，男人在艾露緹失去意識以前朝她的方向回過頭——

不知為何，那傢伙竟然是老鼠的臉。

那是佐山貴大的臉。

—5—

「話說回來，可真是千鈞一髮啊。」

只差一點就來不及了，撞見艾露緹被打飛的時候，我可是冷汗直流。

但是這傢伙似乎戴著「替身項鍊」的緣故，在死亡前被拉了回來，大難不死。

那副模樣悽慘到不像是女孩子該有的，但至少還沒死。

作為替身的項鍊粉碎成碎片，但多虧有這道具她才能撿回一命。

這樣一來她也能得救了，我感到安心，從道具欄裡拿出回復藥。

「不過，還真是不小心做過頭啦。」

我一面將「超級回復藥」灑到艾露緹身上，用空著的右手按壓眼頭。

雖然憑著氣勢使用【獵首】打倒了憤怒的惡鬼，不過——

總覺得這行為會招致反效果。

「一擊打倒憤怒的惡鬼的冒險者出現啦！」

感覺會像這樣引發話題啊。然後，被揭穿真面目以後就會大大接受表揚。

緊接著，麻煩的差事就會接二連三被塞過來。既然你有能力的話就去做這個、做那個、再去做那個吧。總之就是這種感覺。

我記得以前也有其他人發生類似的狀況，那時候雖與我無關，但我看在眼裡心中總覺得有點疲累。

（不、不要……！喂喂，我可不想變成那樣子喔！）

其實艾露緹叫喚我為老鼠的時候，我還有點感謝她。

畢竟越是遭到瞧不起，就越能減低麻煩事被塞過來的機率。事實上，和我以前擔任冒險者時相比，公會交給我的工作量大大減少。

明明維持這種狀態再好不過，我才不想要現在又被人當成美其名是「優秀的冒險者」的工具人！非得要極力阻止這種結果不可！

（有沒有什麼辦法……有沒有……？）

為了避免充滿災難的未來，有什麼是我能辦到的？

沒有閒暇思考了。公共頻道的【呼叫】裡可以聽見庫林格他們悲痛的哭吼聲。

他們抵達這裡也只是時間上的問題。我卻依舊無法浮現任何解決的妙案。

即使如此我仍不打算放棄，轉動眼珠張望四周——

（……嗯？）

折斷的短劍映入眼簾。是艾露緹的武器。

喔喔，是【獵首】失敗時折斷的嗎？這傢伙也真是的，別逞強啊。

若與對手有五十級以上的等級差距，使用即死技能也幾乎不可能命中。她明知這點，卻還是對小數點以下的勝率做出賭注了吧。

真是的，真是了不起的傢伙——等等喔，【獵首】？

「對了，就是那個！」

我想到了一個妙計。

誰也不會困擾，大家都能幸福美滿的絕妙解決方案。

「說是艾露緹的【獵首】成功了，這樣不就解決了嘛！」

艾露緹言出必行，她按照自己所宣言的，狩獵了惡鬼的首級。

只要塑造成這種說法，這件事就會以「英雄譚」的狀態劃下句點！

面臨壓倒性危機，唯一挺身阻擋危機的公會長的女兒。

她做出非生即死的賭注，完美地成功使出了【獵首】。

然而，耗盡精力的她失去意識——大概就是這種感覺，很好很好！

（哼哼哼……英雄艾露緹就此誕生啦。）

接下來只要讓冒險者們發現這名沉睡的英雄就好了。

我聽聞庫林格走近這裡的腳步聲，迅速離開現場。

—6—

那麼，關於憤怒的惡鬼那椿事件。

事情進展得遠比我想像中還要順利。街坊上全在討論艾露緹的事蹟。

誰也沒有將目光放到我身上。沒有任何人注意我。我的存在感稀薄到宛如路邊的小石頭。這種寂靜正是我所嚮往的幸福。

——沒錯，照理說應該是這樣才對。

「我問你喔，貴大。那孩子是……？」

「我哪知道。」

我在「滿腹亭」吃午餐時，薰悄悄走來我身邊問道。

她視線的前方，是一名留著紅髮的冒險者——艾露緹。正是現今引發話題的當事人，照理說她不應該會出現在這裡才對。

「為什麼她一直看著貴大呢……」

「就說我不知道啦。」

「但、但是，眼神很恐怖喔……」

確實，眼神很恐怖。

她坐在稍微有點距離的吧檯座位上，偷瞄偷瞄偷瞄偷瞄──不對，更正。

猛瞧猛瞧猛瞧猛瞧地看過來。坦白說，我在意到不行。

「我說，妳找我有什麼事？」

「什、什麼都沒有啦！」

即使向她搭話也只會得到這種回答。

明明緊盯著我不放，開口詢問她卻會被暴怒一頓。

嘴巴上這麼說，但她好像一──直跟著我跑，一──直觀察著我，讓我難以忍受。我究竟該如何是好？究竟該怎麼做才是對的？我簡直想不出任何對應方法，老實說，這讓我有點困擾。

（該不會被看到了？）

我使出【獵首】的時候，她還留有意識嗎？

如果是那樣的話，她應該會採取出更為不同的態度才對──

「嗯～……？」

怎樣都想不到滿意的答案，我只能抱持這種不舒服的忐忑心情度日。

◆◇◆

（可惡……究竟要等到什麼時候他才會表現出實力……？）

今天老鼠——佐山貴大也結束了配送的工作，在中級區的食堂吃飯。午餐結束後是土木工事，接下來則是搬運貨物的工作。

連續觀察了一星期，他幾乎過著一成不變的生活。

這樣簡直就像是萬事通一樣。街坊上「普通的」萬事通。

（不對……那傢伙，絕對隱藏著些什麼。）

那時候，艾露緹確實看見了。

斬斷憤怒的惡鬼的首級，卻一副若無其事模樣的貴大！

（但是，沒有任何人相信。）

每個人每個人都誇耀稱讚她是英雄。

眾人誇讚她即使遭受惡鬼的攻擊，仍成功使出【獵首】，表現傑出。

不是的——就算她否認，仍沒有人相信她。即使她主張那不是自己的功勞，依舊無人願意相信。

因此艾露緹才會無法忍受。她既感到焦躁不安，也很不甘心。

她的等級確實一口氣上升了。

從九十七級提昇到一百零三級，職業也進化成了「輕游擊手」。

其他冒險者們雖告訴她這正是擊倒憤怒的惡鬼的證明——

但那其實只是憤怒的惡鬼被擊敗時，她正好待在附近而已。只是因為她正巧在附近，才有辦法吸收流淌而出的「魔素」。

這簡直就像是自己撿了便宜一樣。

撿了老鼠的便宜。那個她平日輕蔑不齒的混蛋老鼠的便宜！

（太屈辱了……！）

與之同時，她也察覺一件事。

該不會，那傢伙其實很強？

那傢伙從前身為冒險者時就有兩把刷子，說不定其實更加深藏不露——

他該不會擁有能夠輕鬆打倒憤怒的惡鬼的水準吧？

若非如此，他絕不可能對惡鬼成功使出【獵首】。如果是那樣的話，比起完全失敗的自己，他肯定相當強悍。只要能證明這點，她也不會再被大家認為自己在說謊了。

艾露緹雖然討厭膽小的男人，但她更討厭說謊的騙子。

如今自己成為騙子的現狀，她絲毫無法接受。

（所以我要調查那傢伙！調查那傢伙的底細！）

艾露緹正是有所決意，才會四處尾隨貴大。

她下定決心要揭穿貴大的強大力量，為此從早到晚監視他也在所不惜。

（老爸！媽媽！大家！守候著我吧！我一定會辦到的！）

為了報答父親的教育。

為了報答母親的操心。

以及為了報答同伴們的信賴！

（我絕對——要摸清楚那傢伙的底細！）

即使看起來徹底搞錯了行動方針——

她依然正經八百，今天也跟蹤著貴大。

艾露緹・布雷布・
史卡雷特・
卡斯提利亞!!!!!

艾露緹・布雷布・史卡雷特・卡斯提利亞

公會長的女兒。名字的典故來自「究極（Ultimate）」，無疑是閃亮亮名字。

年齡

15歲

性別

女

種族

人類

等級

97▶103

職業

「輕鬥士」▶「輕游擊手」

第五章　王都的休假日篇

—1—

星期一也工作了。在食堂拚命甩動鍋子。
星期二也工作了。在孤兒院照顧小孩們。
星期三也工作了。在學園教導學生技能。
星期四也工作了。在圖書館被魔女捉弄。
星期五也工作了。在公會處理麻煩差事。
星期六也工作了。解決各式各樣的委託。
好艱辛。真的是充滿艱辛的一星期。
好漫長。真的是無比漫長的一星期。
但是！即使如此！這些辛勞也會在今天獲得回報！
要問為什麼，那是因為今天，今天正是——

期待已久的星期天啊！

「星期天啦啦啦啦啦！」

「……是的。」

「休假啦啦啦啦啦啦！」

「……您說得沒錯。」

時間已經超過十點。

太陽早已高升而起的時間帶，我終於起床了。

沒有整理睡翹的亂髮。衣服也照樣穿著睡衣。當然也能隨心所欲睡回籠覺和回籠覺——就算做這些事情優米爾也不會生氣，當然是因為今天是休假日。

「哎呀——睡得好飽。睡得太飽了，睡到渾身發懶的程度。」

「……您想吃些什麼呢？」

「麵包和咖啡就可以了。啊，果然還是幫我泡杯咖啡歐蕾好了。」

「……我明白了。」

優米爾乖巧點了個頭，前往廚房。

她這個人也是屬於平日像個魔鬼一樣工作，休假日則好好休息的類型。

即使有工作尚未處理完畢，她也不會逼人在星期天繼續工作。她自己不會這麼做，也不

會如此要求我。

當然，工作的委託人裡，也沒有那種星期天還逼人勞動的混蛋。

一星期內絕對要有一天休假。一旦休假就必須徹底休息。這就是這個國家的文化。

「……請用。」

「喔喔，謝啦。」

我坐在位子等待，優米爾將早午餐端了過來。

她將餐點放到桌上後，也坐到我對面的位子上。

「妳今天打算做些什麼？」

「……我打算到伊貝塔小姐那裡學做料理。」

「是喔——那個人還真是多才多藝呢。」

「……主人有什麼計畫嗎？」

「該做些什麼才好呢？偶爾去劇場看看戲好了。」

「……晚餐有什麼打算呢？」

「在外面吃也不錯啦，不過，還是在家裡吃吧。」

「……我明白了。」

像這樣悠閒散漫地閒聊也沒有任何問題。

優米爾既不會亮出些危險的武器，我也不會驚慌失措。

休假果然很棒。休假真是太美好了。坦白說乾脆三百六十五天，每天都是休假的話就更好了，但——

「……您真的這麼認為嗎？」

似乎會被這樣罵，因此我怎樣也不敢把這個想法脫口而出。

「好啦。那我先去換件衣服吧。」

迅速解決掉早午餐，我從座位上站起來。

結果優米爾湊過來，抬頭望向我詢問。

「……您要外出嗎？」

「嗯——對啊，我去外頭晃晃。」

「……祝您玩得愉快。」

「喔喔。妳也是。」

還是沒變，依然是個面無表情的傢伙啊。就算把手放到她頭上左扭右轉，這傢伙仍舊是一張撲克臉。

有時候會不知道她心裡在想什麼——不過，好歹也相處一段時間了。這傢伙確實有著喜

怒哀樂，也期待著休假日，這點至少我感覺得出來。

她說她要去附近鄰居那裡學習料理啊。說不定比起我，她更能度過充實的一天。

但是，這樣也很好。只要優米爾能過得開心，那再好不過。

要說為什麼，因為今天是休假啊！是每個人都該自由度過，盡情隨心所欲的日子！

要如何度過休假日，這可不是能拿來比較的，也不需要彼此競爭。

重要的是可以自由度日，至於該如何運用，內容怎樣都好。

（沒錯，睡午覺也好，去外面玩也行，都是我的自由！）

盡善盡美的休假日。

神明賦予我們的自由時間！

壓倒性的解放感使我的心靈雀躍，我盤算該如何度過，一面踏出輕盈的步伐離開了起居室。

—2—

休假日又稱為安息日，儘管如此，街坊並沒有變得寧靜安分。

不如說是熙熙攘攘。畢竟是都市，當然會人聲鼎沸，但假日的喧鬧氣氛不同。平日能聽見腳步聲、馬車聲還有談話聲，今天的街道則是交混著歡聲與笑聲。

或許是感受到這股明亮輕快，整體的氣氛變得更為欣喜雀躍。

我發愣地感受這股舒心空氣，在路上閒晃走動。

「我想想，該做些什麼呢？」

儘管之前告知過優米爾，但我也沒有特別想觀賞的戲劇。

該說有什麼樣的戲劇，我完全沒有概念。

因此轉而去做別的事情也可以——但我還是想不出來該做些什麼。

看來，這就是所謂奢侈的煩惱吧。

不過，光是這樣思考就很令人雀躍。

就這樣繼續在路上閒晃，隨心所欲，順著自己的心情行事吧。

「吶吶，要去哪兒？」

「去花街怎麼樣啊？現在手頭很寬裕吧？」

「現在還太早了。等晚上再去啦。」

「在市場看到很稀奇的飾品……」

「港口好像有很壯觀的漁獲……」

「路邊攤販的街道那裡有很好吃的……」

中級區大街道裡，行人與馬車彼此交錯行走。

絡繹不絕的人群裡，可以聽見各種令人感興趣的對話。

（花街啊。還真是精力旺盛的傢伙們。）

完全就是年輕小夥子之間的對話。

（市場的飾品啊。）

確實，到那裡買東西也不錯。

（港口有很壯觀的漁獲。）

我有點想去見識見識。順便去釣魚似乎也不錯。

（接著是，路邊攤販的街道。）

那是非去不可的啊。要享受邊走邊吃，沒有比那裡更適合的地方了。

（到底該怎麼辦才好呢——）

先撇開花街柳巷，各種選項都不壞。

到市場閒晃也不錯，去港口吹吹海風也是個好選擇。當然前往路邊攤販的街道也挺好的，讓我想想究竟該做些什麼好呢——

「哎呀？是貴大嗎？」

「嗯？」

「果然是貴大！」

我停下腳步，在街頭呆愣時，附近傳來了聲音。

我心想著是誰，環顧四周——隨即在人中找到一張熟面孔。

「什麼嘛，是薰啊。」

薰。薰．羅克亞德。

「滿腹亭」的看板娘，今天身穿便服，提起腳步跑向我。

「怎麼啦，貴大？站在這裡，你在等人嗎？」

「不是啦——我只是在四處閒晃。」

「哦——是喔。」

「對啦。」

薰穿越人群中的空隙，走近並站在我旁邊，用熟稔的態度向我搭話。

怎麼說，我們的關係確實相當熟稔。不只是身為鄰居的立場，作為食堂的顧客和店員，我也經常與她碰面。

也許是因為這樣，薰這傢伙從以前開始就一直是這種感覺——

「小優米呢？」

「啥？」

「你們沒有在一起嗎？」

「才沒有咧。那傢伙有自己的安排。」

「哦——？」

「怎樣啦。」

以為她的態度和平常一樣，想不到有點奇怪。

她露出打探般的眼神，像是在思考著什麼——

「我說我說，那不然啊，要不要一起去吃飯？」

「啥？」

「你沒有其他安排，又是一個人對吧？那我們一起去吃飯嘛！」

「咦咦咦……？」

「別露出那種嫌棄的表情啦！」

我又沒有嫌棄的意思。

雖然沒有，但是怎麼說呢，今天的薰意外的強硬。真令人困惑。

「怎麼了，妳有什麼想去的店嗎？」

「也不是啦。」

「那是有什麼想吃的東西之類的？」

「嗯——好像……算是吧？」

「別反過來問我啊。」

這下立場完全對調了。

看著一臉納悶的我，薰慌慌張張開始說明。

「你聽我說喔，我今天本來和朋友有餐會。」

「嗯。」

「結果我去朋友家的時候，沒想到對方感冒了。」

「嗯嗯。」

「然後我準備好的便當就剩下來了。」

「所以咧？」

「就這樣一個人吃掉也有點寂寞，所以想說你要不要一起吃飯。」

「原來是這麼簡單的理由。」

本以為會有什麼複雜的原因，結果普通到不行。

她莫名強硬，又表現出奇怪的態度，我還以為發生什麼事了。

「總、總之就是這樣啦，有什麼關係！好嘛？我們一起吃飯嘛！」

「是可以啦。」

「就這麼決定了！那我們去公園好嗎？走吧走吧！」

「好好好。」

薰左手拎著提籃，右手挽住我的手臂，使勁把我拖了出去。

無所謂，反正沒有其他安排，肚子也有點餓了，對我而言說不定也算剛好。

我一面如此思考，被薰牽往公園。

中級區的自然公園，這地方待起來相當舒適。

鋪上草皮，樹木適宜生長，河川潺潺流動，有著平緩的山丘——誠如所見，就是市民們的休憩場所。

在這個療癒人心的空間裡，我和小薰開始稍微遲了點的午餐。

「果然都市很厲害呀～繁殖期就被當成是祭典一樣呢。」

「郊區不也是這樣嗎？你們會順便進行收穫祭吧？」

「是這樣沒錯，雖說是祭典，其實很辛苦啊～」

我一面閒話家常，吃著薰做的飯糰。

裡面包著剁碎的白肉魚，混合羅勒葉醬料。這種不知所云的奇妙料理還是別來無恙。

「啊，不好吃嗎？」

「不會。還挺不錯的。」

「是嗎？太好了。」

薰安然鬆了一口氣。或許是因為我頻頻盯著飯糰瞧，讓她稍微有點不安。

「和以前比起來，我認為進步很多了喔。」

「啊，我不是說了要你忘記以前的事嗎——！」

「哎呀，放入鹽漬菜的飯糰之類的，吃起來還真是新穎特殊啊。」

「真是的～！」

薰害臊得鼓起臉頰。總之，那也算是個好經驗。

這傢伙的祖父似乎是東洋人，但她本人可是個連日本國都沒見識過的四分之一混血。光是聽取做法是無法做出日式料理的，何況也有很多材料與調味料不夠。

儘管我經常協助她，仍然處於反覆嘗試、不斷摸索的日子——

「對了對了，話說回來啊。」

「嗯？」

「貴大之前也加入征討隊了對吧？那你看到了那個對吧？」

「哪個？」

「艾露緹呀！英雄艾露緹！很厲害對吧——竟然靠一個人就打倒了等級一百五十級的魔物。她才十五歲而已喲。和我只差了一歲而已耶！」

「啊～……」

可能是因繁殖期這個詞而想到，薰說出了這種話。

「果然她有著不輸給男人的滿身肌肉嗎？還是說反而是個美人呢？」

「嗯～……」

「欸欸，告訴我嘛～」

完全符合我的計畫，城市裡充斥著艾露緹的話題。

這睽違數年的大新聞，街坊由裡到外都在討論著那傢伙。

但是，該怎麼說呢，破壞薰的幻想也不太好——

「妳已經見過對方了啊。」

「咦？」

「喏，她之前就在你們店裡啊。就是那個偷偷摸摸的紅髮女孩。」

「咦、咦咦？」

「那個人就是艾露緹。英雄艾露緹小姐。」

「咦咦咦咦咦咦咦咦～～～～～～！」

她露出一副好像在訴說「怎麼可能」的表情，可惜這是如假包換的事實。

「不是吧，咦咦咦咦咦？什麼？那孩子就是傳聞中的？」

「傳聞中的艾露緹。」

「為什麼？她為什麼會來我們店裡？應該說，原來你們認識？」

「我也不清楚。」

是認識沒錯，但我們現在究竟是什麼樣的關係？

熟識？朋友？還是說是救命恩人？不，我認為最接近的關係，應該是跟蹤狂與受害者。

（該不會……）

那傢伙今天應該沒跟過來吧？

我這麼想，開始確認周圍。幸好到處都沒有看到那傢伙的身影。

取而代之的是——儘管沒看見艾露緹，卻有張好像在哪看過的臉湊近我。

不，是一鼓作氣貼近我身邊，坐了下來。

「什……嗚哇！誰，是誰？」

「汪汪！」

「汪嗚！」

被我的視線吸引的小薰嚇了一跳，大大顫抖了下身體。

然後，「那些傢伙」才終於發出叫聲。

「什麼嘛，是克露米亞啊。妳和小金在散步嗎？」

「汪汪汪！」

出現在我們身邊的是犬獸人種族的克露米亞，以及大型犬小金。

「貴大，吃飯？你在吃飯？」

「沒錯……等等，啊啊，別這樣。別壓上來，別湊過來聞我。」

一個人和一隻狗興高采烈甩動尾巴，糾纏住我不放。

連我自己都覺得他們已經相當親近我了。自從解決米凱羅提事件以後，這兩個傢伙一直都處於這種狀態。

「貴、貴大？這孩子是誰？你們認識嗎？」

「這兩個傢伙，妳也見過一次面才對啊。就是那個，之前來找迷路狗狗的。」

「啊啊，原來是他們！」

畢竟那時候他們一眨眼就離開食堂了，薰應該沒什麼印象。

不過這種碩大體型，薰馬上就回想起來，她慢慢朝可愛親人的狗狗們伸出手。

「你們叫做克露米亞和小金對吧？」

「汪！」

「哇哇哇，好鬆軟喔。真可愛～」

「汪嗚。」

薰判斷可以觸碰以後，開始盡情撫摸小金的身體。

光是只有小金也不是不行，但克露米亞似乎也想要加入，於是把頭蹭了過去。薰也開始撫摸她，克露米亞欣喜雀躍發出歡笑——

哎呀～真是和平～多麼和平的光景啊。

「啊～對了。克露米亞，要不要一起吃便當？」

「汪汪？」

「沒關係沒關係，食物還有很多呀。」

薰和克露米亞這兩個傢伙溝通能力都很高啊。

馬上就打成一片，已經要一起吃飯了。接著小金也湊到她們身邊，一下子我這裡突然兩手空空。

不過，算了，這樣很好。這樣真不錯啊，好和平。

沒錯沒錯，就是這樣。這就是我理想中的休假日。

若能許願，真希望這樣的時光能夠持續到永遠——

我一面如此希望，慵懶地向後仰，躺在草皮上。

—3—

「那下次見嘍，貴大。」

「Byebye。」

「喔喔，下次見啦。」

悠閒地吃完午餐，順便稍微睡了個午覺。

度過這番時光，時間緩緩來到下午四點。薰和克露米亞似乎在這之後都有其他事，即使看來依依不捨，仍提起腳步迅速離開了自然公園。

當然，我沒有任何安排。

是有說過要回家吃晚餐，但距離日落還有段時間。

剩下兩三小時可以隨心所欲。

（雖然這時間有點不上不下啊。）

不過應該還算充裕。

可以去看街頭表演、逛逛露天攤販，或是去咖啡店讀點書。

選項多的是。該怎麼利用時間也是我的自由。果然休假日是如此美好，我盡情咀嚼這珍貴時光的滋味。

「哎呀，是老師嗎？」

（好想落跑。）

我反射性這麼想。

「老師？佐山老師？哎呀，果然是老師。」

馬車門敞開的聲音。有人下車的聲音。靠近我的少女的聲音。

不會錯的。是法蘭莎。那個大公爵家的千金小姐。

即使背對她，對方那名流氣場也會穿透肩膀傳達過來。薔薇香水的氣息輕柔飄逸，我無庸置疑地確信就是她本人。

因此，我打算當場拔腿落跑——

啊，不行。僕人們若無其事地把退路給堵住了。

關鍵的法蘭莎本人也近在咫尺。

「午安，佐山老師。」

「妳好。」

我也只能乖乖覺悟。

對方都已經湊近到這種距離了，現在才逃跑反而顯得不自然。

因此我露出死魚眼般的眼神，面對法蘭莎。

「真是巧遇呢！竟然能夠在這裡遇見您。」

「是啊。」

巧遇個屁，妳這個混蛋貴族啊啊啊啊啊啊！

究竟是有什麼理由才會讓貴族偶然路過「這種地方」啊。下級區與中級區，馬車一般而言都是直接開過去的好嗎！

真想抱怨她那副裝蒜的模樣。我忍不住想狠狠拔起法蘭莎的金色長捲髮，不過還是用成年人的忍耐力強壓下衝動。

「老師，您現在……是一個人嗎？」

「是啊。」

嗯唔唔，好痛苦。配合這種小劇場好痛苦。

明明狀況一目了然，卻還是要一一進行確認。

我配合她以後，她接著拋了這種話過來。

「哎呀！那麼，能稍微占用您一點時間嗎？」

「什麼？」

「我有點事情想請教您……」

看吧，來了。和我猜想的一樣。

畢竟擔任學園的講師以後，我漸漸會碰上諸如此類的搭訕方法。如此直白的表現已經習以為常，拐彎抹角的搭訕手法，我差不多也產生了耐性。

不過，總覺得有點奇怪呢。

最近，學生們應該已經把目標轉向埃爾那裡去了才對——

「為什麼要找我？比起我，埃爾要優秀得多吧？」

至少她的腦袋構造和我有天壤之別，天才的稱號可不是浪得虛名。

以埃爾為基準考量的話，我的腦袋大概和跳蚤沒什麼兩樣。埃爾遠比我知識淵博，腦袋運轉速度很快，也很擅長教導他人。雖然她話匣子有點長，但只要忽視這點，作為教師可說是相當優秀。

所以，其他學生應該幾乎都把目光轉到她身上了。

「老師。我是這麼認為的。」

「什、什麼？」

「老師所擁有的知識可不只有這樣。肯定還有很多很多深不可測的祕密。」

（什麼——！）

這、這傢伙是怎樣。她究竟知道多少？

還是說她只是單純在推測而已——啊，埃爾該不會對她說了 @wiki 的事情？

（不，不對！應該不可能！埃爾那傢伙不會做那種事！）

她可是一個沒注意，甚至可能不惜殺掉我也要把書搶走的傢伙啊。

獨占慾強大到可不是開玩笑，要是削減了閱讀 @wiki 的時間，說不定會就此發狂。

（所以不會是她。不可能，但是……）

那麼，法蘭莎那張意義深遠的微笑是怎麼回事？

像是在打探我，然而似乎又確信著某些事，就是那般深藏不露的微笑。

「老師……」

慘了。糟糕了。慘了慘了！

再這樣下去，我絕對會被迫進入帶出場路線！

但是就這樣敷衍貴族逃回去的話，也會衍生出其他問題……啊啊啊啊！

（誰都好，快來救救我吧——！）

就算這麼祈求，也沒有任何人對我伸出援手。

我就這樣即將被法蘭莎帶走——

「喂。」

此時，銳利的聲音降臨了。

昂首一看，櫛比鱗次的公寓住宅屋頂，某個人飄揚降落。

這傢伙是——這個動作，以及那頭燃燒般的紅髮！

「艾露緹？」

原本以為是救世主降臨，沒想到是艾露緹登場。

（天啊，為什麼會這樣。）

一股事情會變得更加棘手的預感，讓我無法自拔地緊閉雙眼。

「喂，你在這裡做什麼啊？」

「身邊竟然還帶著貴族，你究竟有什麼企圖？」

「你接下來是打算去哪裡啊！」

這些都是我想講的台詞才對。

儘管上面全部是艾露緹說的話，但這些全部，都是我才想問的。

「喂，一句話都不說是怎樣？」

我保持沉默，艾露緹就狠狠瞪了過來。

可惜我們之間有著身高之差，她就算這樣抬頭怒瞪我，坦白說也感受不到什麼魄力。

比起她，我家的女僕更要可怕好幾百億倍——不行不行，我開始逃避現實了。

「我哪有什麼企圖啊。」

「啊啊？」

「我只是受邀而已。要是妳有事情想問，就去問這傢伙吧。」

語畢，我指向法蘭莎。艾露緹總算把視線轉移到對方身上。

「……妳是那傢伙的學生？」

「是的，沒錯喲。」

「你們看起來關係不錯嘛。」

「是的。我和老師相處得很好。」

「真的假的啊。」

（假的。）

不知怎的，法蘭莎露出洋洋自得的表情，艾露緹則是用一種看待豬隻的眼神盯著我。我說什麼也想要訂正她們的認知，無奈事情越來越棘手。因此我乾脆閉上嘴不說話。

「該不會，妳就是傳聞中的艾露緹小姐？」

「是又怎樣？」

「哎呀！妳就是傳說中的『英雄艾露緹』小姐對吧！」

法蘭莎啪地闔起雙手，開心地看向艾露緹。

「我有從父親那裡聽到妳的活躍事蹟。妳竟然獨自一人成功擊倒了憤怒的惡鬼。」

「那、那個是——」

「真是太優秀了。冒險者的同伴們想必也很引以為傲吧。」

「唔……！」

所以我說，不要朝我這裡看啦。

妳們兩個繼續像這樣相親相愛地聊天就好了。拜託別在意我。

我一邊如此祈禱一邊張望四周，果然僕人的數量還是沒減少——

「追根究柢，都是你這傢伙的錯！」

「嗚咕！」

「隱瞞了一堆祕密！又在那邊鬼鬼祟祟的行動！」

「咦、咦咦咦？」

我的肚子突然挨揍了。

出自憤怒或其他情緒的艾露緹面色漲紅，不知道為什麼朝我揍了一拳。

雖然說沒有很痛——但我在意起她說的話。

（隱瞞祕密？鬼鬼祟祟？）

這傢伙，她又知道我的哪些底細？

話說回來，這段日子，這傢伙一直跟在我身後啊。

「……妳到底知道多少？」

「嗚！」

我猜想的沒錯，果然那時候，艾露緹還留有一絲意識。

該不會她調查我，從中找到了什麼真相也不一定。

「妳那時候看到了什麼？欸，快告訴我。」

「我、我看到……」

我湊近艾露緹的臉，將她堵到牆壁上。

紅通的臉頰，紊亂的喘息。那副驚慌失措的模樣，這傢伙果然知道些什麼！

「喂，妳說點什麼啊。」

「唔唔唔……！」

她露出一副快哭出來的神情，但現在這不是重點。

我盡可能靠近她的臉，試圖悄悄地、確切地問出她的話——

「吵死了！你這個混蛋老鼠——！」

「嗚嘎！」

然後狠狠吃了一記全力頭槌。

緊緊捉住我的頭部以後再來個頭部直接重擊。這下【緊急迴避】也無法發動。

我的鼻子傳來火辣辣的痛楚……

「聽好了！我最討厭的就是你這種卑鄙小人！像你這種傢伙，我才沒有話好講！」

「那妳為什麼要偷偷摸摸跟蹤我啊……」

「少囉嗦啦——！」

她就像是起了癲癇的小孩子。

不，怎麼說，十五歲這個年紀確實還是個小孩，我卻認為她更加年幼。

真是奇怪，我所認識的艾露緹，總是威風凜凜的模樣才對——

「我說，請問妳在做什麼呢？」

「啊？」

我按住鼻子縮在一團，身後傳來了一陣冰冷的聲音。

同時，冰涼的空氣傳遞而來。一股非同小可的預感使我的背脊發出毛骨悚然的顫抖。這是——這是法蘭莎散發出來的氣息嗎？

「妳說的老鼠，是指老師嗎？妳竟然說老師是老鼠？」

「啊啊？是又怎樣？」

如冰晶般寒冷的法蘭莎，以及如火焰般震怒的艾露緹。

遑論外貌、立場與言行舉止都天差地遠，在我看來，這兩個傢伙卻有種不可思議的共通點。

那就是憤怒與敵對心。方才還有辦法對談的兩人，如今把我夾在中間，完全成了對立狀態。

（饒了我吧……）

我就算求饒也於事無補。

一度燃起的火焰已難以熄滅，這兩個人甚至再度引爆了火勢。

「我可不能裝作沒聽見。佐山老師是我的老師。他也是在王立學園執教鞭的講師。妳竟然像這樣捉住他，還稱呼他是老鼠，即使是英雄也不可原諒。」

「干我屁事。那傢伙就是老鼠。又膽小又卑鄙，捨棄了冒險者榮耀的混蛋老鼠。對妳而言就算他是老師，但對我而言他就只是隻老鼠而已。」

「是嗎？妳沒有打算收回那句話就是了？」

「哪可能收回。誰會乖乖聽你們這種貴族大人的話啊。」

「是嗎？」

難以得出結論。

何止如此，情況愈發惡劣，漸漸導向破局。

事態惡化的證據就在於法蘭莎從腰間拿出短杖，對準艾露緹。

接著她說出這種話——

「那就決鬥吧。我會為了守護老師的尊嚴而戰鬥。」

用不著守護我沒關係。

還有尊嚴是怎麼回事？總覺得打從一開始我就沒有那種東西。被稱呼為老鼠我也無關緊要——

「算妳有種。我奉陪，那就來一決高下吧。」

妳這傢伙也別接受對決啦，艾露緹！

不好，一點也不好！就算這麼做也不會有人得利……啊啊啊，她拿出短刀來啦！

「稍微砍個幾刀妳就哭出來的話我也會很困擾。我就裝著刀鞘跟妳決一勝負吧。」

「無所謂。畢竟只要在被砍到以前打倒妳就行了。」

「妳還真敢說啊！」

停下來停下來，不要挑釁人家啊！

僕人們、路人們，你們也別默不作聲快點來阻止這兩個傢伙——

不行！幾乎全部的人都很興奮地在看戲！非但沒有阻止的打算，還把這裡當成了劇場！你們這群用肌肉思考的戰鬥毒癮發作的混蛋們！

「妳、妳們住手。」

「我還沒自我介紹呢。我叫做法蘭莎。」

「冷靜點。」

「法蘭莎．德．費爾迪南！」

「冷靜下來。」

「哈！光聽名字就是個貴族大人呢！」

「使用暴力不好。」

「作為我的對手，也算夠格了！」

即使死纏爛打也打算阻止她們，這兩個人卻仍然沒有把我放在眼裡。

她們不是為了我而打架嗎？但是她們兩個眼裡除了對手以外什麼也看不見。如寒冰般澄澈，或是如火焰般燃燒鬥志，滿腦子根本只剩下戰鬥！

「那麼，我要上了！」

「接招啊啊啊啊啊！」

浩大對決一觸即發。

大貴族與英雄之間的對決，使周遭一舉升溫到燥熱的地步。

（沒、沒有辦法奉陪了啦！）

施展魔法，或是揮振短劍，鏗鏘有力碰撞衝突的少女們。

我避開兩人的熱氣，終於當場逃離。

—4—

「呼啊！呼啊！呼啊！呼啊！」

我穿越狹窄的巷弄，爬上階梯，時而直接闖入建築物內部，不斷逃亡。

呼吸漸漸喘不過氣來，我仍持續逃跑，這次躲進了建築物的陰影裡。

「為什麼，為什麼會演變成這樣……！」

太奇怪了。絕對有問題。

短短數小時前，我還在享受理想的休假日才對。

為什麼會突然差點被貴族給綁架，接著被英雄給找碴，然後又差點被捲入兩個人的戰鬥之間啊？

「休假，我的休假……！」

應該更為安穩，更為安定才對。

應該是無可取代的貴重時間，能夠自由度過的一天才對。

然而為什麼會變成這樣又變成那樣，然後又變成這樣——

「可惡！」

巷弄的盡頭，大約是死胡同的地帶，我疲憊地彎下腰來。

現在才傍晚左右，我卻有種已經結束了一天的錯覺。至少從這裡到回家的路途上，我絲毫沒有繞路或折到別處閒晃的心情。

「唉唉……」

有句話形容「遑論過程，結局圓滿就好」，但也有反過來的情況。

那就是「結果悲慘就功虧一簣」，一旦中途出了閃失之後就回天乏術了。

「回家吧。」

總覺得精疲力盡了。

這下只能回家好好泡個澡，快點上床睡覺。

然而身體果然還是很沉重，我搖搖晃晃站起來。

「咦，嗯嗯？這裡是哪裡？」

徹底專注逃亡的緣故，我完全不記得沿途經過了什麼道路。

不記得該通往哪裡，甚至可說根本不清楚自己身在何方。

「我跑到哪裡來啦……？」

終於感到不安，我打開選單開始確認地圖。

「我竟然跑到這裡來了。」

結果還挺驚人的。

我現在位於中級區東側的住宅街。中間夾著自然公園，與我家的位置完全相反。

看來是全心全意逃亡，結果迷路到這種地方來了嗎——

「中級區還真大啊。」

老實說，我還沒有完全摸透這一帶的土地。

什麼地方會連結到哪裡，哪條道路會通往何處，我渾然不知。

「真是沒辦法……」

或許會稍微被路人投以懷疑目光，還是一邊打開地圖一邊探路吧。

我下了決定後，就這樣開啟散發出微微光芒的藍色面板，循著面板上標示的地圖踏出步伐。

「嗯～」

話說回來，這裡還真是人煙稀少。

還有點蕭條荒涼。四周又很陰暗。

畢竟是在巷弄裡，這也無可奈何，但如果再稍微明亮一點的話──

沙。

「…………嗯？」

剛剛，好像有什麼。好像有某個東西，從視野尾端一閃而過。

「是貓嗎？」

不，感覺比貓還要更大一點──

沙沙。

又來了。又有某個東西從巷弄一端穿越到另一端。

這次我稍微看清楚了。看起來像是──某團漆黑抖動的物體，好似蜘蛛般在地上攀爬。

「看起來也不是狗。」

我可沒見過那種狗。又更該說，我根本沒見過那種生物。

硬要說的話有點像魔物，城市裡應該不會出現那種東西才對——

喀沙。沙沙沙沙。

呼，咻。咻，呼。

「怎、怎麼了？」

我察覺到聲音更接近了。

同時，某種像是喘息的聲音一併傳入耳際。

「喔，啊啊啊啊，呼啊啊啊，啊啊啊啊。」

「怎麼回事……？」

有種緩緩深呼吸，又喘氣般吐出氣息的聲音。

宛如死靈在呼吸。陰暗巷弄的深處盡頭，簡直就像是隨時會冒出怪物一樣。

不，不對。實際上真的有東西在靠近。

摩擦拖地的腳步聲開始加速，確實朝這裡逼近！

仔細一瞧，此刻巷口的對面，正有個好似怨靈般的女人披頭散髮——

「嘰咿咿咿咿咿咿咿咿！」

「嗚哇啊啊啊啊啊！」

「吼咿咿咿咿咿啊啊啊啊啊！」

「……等等，原來是妳喔！」

我還以為是怪物蜘蛛之類的生物，結果竟然是埃爾在地上爬。

一段時間沒碰面的埃爾又恢復成那副破爛邋遢模樣，舞動手腳，發出某種怪異的叫聲。

她發出怪叫，緊抓住我的選單面板不放。

然後指著選單的某個區塊，眼睛發出絢爛的光芒。

「藝術維基！維基！維基維基！」

「這、這傢伙……」

她是多久沒吃藥了？

啊，不對不對。是@wiki的戒斷症狀啊。

這麼說來，已經好一陣子沒讓她讀書了啊。本以為她早就厭倦了，看來執著心尚未衰退。

（再這樣放任她下去，遲早會變成真的怨靈。）

儘管我覺得為時已晚——總之還是拿出書本，遞給發狂的埃爾。

「拿去啦，給妳讀。」

「維基～♪」

「是怎樣……妳這個人到底是怎樣……」

原本就很疲累，現在我更是精疲力盡。

我忍不住癱坐在現場，背後倚靠著牆壁，把腳打直。

「哈啊、哈啊，很爽、很爽喔……！」

「是喔，很爽喔。」

「超爽的喔喔喔喔喔！」

「是喔……」

只單純擷取對話，聽起來就像是鹹濕的床戲現場。可惜現場絲毫沒有這種氛圍。

現場只有體力耗盡倒地的一名男人，以及幾乎要把書籍吃乾抹淨、讀著書的一名女人。

好空虛——一切都空虛無比。

難得的假日，為什麼我卻得在這種地方，和這種傢伙獨處啊。

好想回家啊。但在這傢伙滿足以前，她不會放我走吧。即使我嘗試悄悄離開現場——

「芬啾嚕哞喝唄啦啾囉啾嚕吼咿嗝啦嗝囉囉囉囉囉囉！」

「至少給我講人話啦！」

就會演變成這樣。

遭受失去理性的埃爾威嚇，我連家也無法回。

因此我除了默默凝視夕陽西沉的天空以外別無他法——

「啊啊！找到了找到了！喂喂——在這裡！」

「什麼？」

包圍巷弄的建築物群，屋頂上忽然冒出一個熟面孔。

「這傢伙在這裡喔——！」

「咦、咦咦！艾露緹？」

本以為成功甩掉的艾露緹，不知道為什麼竟然在此現身。

不，何止如此，巷口另一側的入口也停了輛馬車。

「老師，原來您在這裡呢。」

「法蘭莎也來了！」

連艾露緹的決鬥對象也闖進來了！

「啊啊？那女人是誰啊？」

「哎呀，埃爾……老師？您看起來很憔悴的樣子呢。」

「這傢伙也是王立學園的教師嗎？那張臉看起來很淒慘耶。」

「那是因為，該怎麼說呢，確實是如此。」

剛才還火花四射的兩人如今竟然打成一片，來到這裡。

（究、究竟是怎麼一回事啊？）

這兩個傢伙照理說應該沉浸在決鬥裡了才對。

「比起這個，老師？您剛剛是怎麼了？」

「給我好好見證到最後啊！」

（原來是這個意思啊……！）

看來不知不覺之間，我被當成了決鬥的見證人。

她們對於我突然落跑感到不滿，才特地追到這裡來。

「好了，重新開始吧！這次絕對要分出高下！」

「當然，正合我意。就在老師的見證下展開決鬥吧。」

我絲毫沒有想要見證對決的慾望，但對這兩個傢伙而言似乎很重要。

果然伊森德王國屬於實力主義社會。勝利敗北的評判比起任何事都來得舉足輕重。

「那麼，我要開始進攻了喔！」

「啊啊，放馬過來！」

毫無改變，她們依然把我晾在一旁逕自展開了女子擂台。

魔法師與戰士的對決，展開一進一退的攻防戰。這副景象宛如華爾滋，看來就像某種藝術表演——但我可沒心情陪她們在這種地方耗下去。

（我要回去了！）

我下定決心，戰戰兢兢逃離現場——

「不准逃。」

結果被埃爾給捉住了。

埃爾從後方對我施以納爾遜式鎖。

那僅剩下外皮和骨頭的身體究竟哪來這麼強大的力量，埃爾緊緊固定住我，靈巧地閱讀起 @wiki 來。

另一方面，我眼前則持續展開著鏗鏘作響的激烈戰鬥——

「為什麼會這樣……」

我吸了一口氣，然後——

「到底為什麼會變成這樣——！」

以花都為舞台的糾紛大騷動。

我遭受紛亂波及，休假日就此化為泡影。

薰＆克露米亞的Girls Talk？

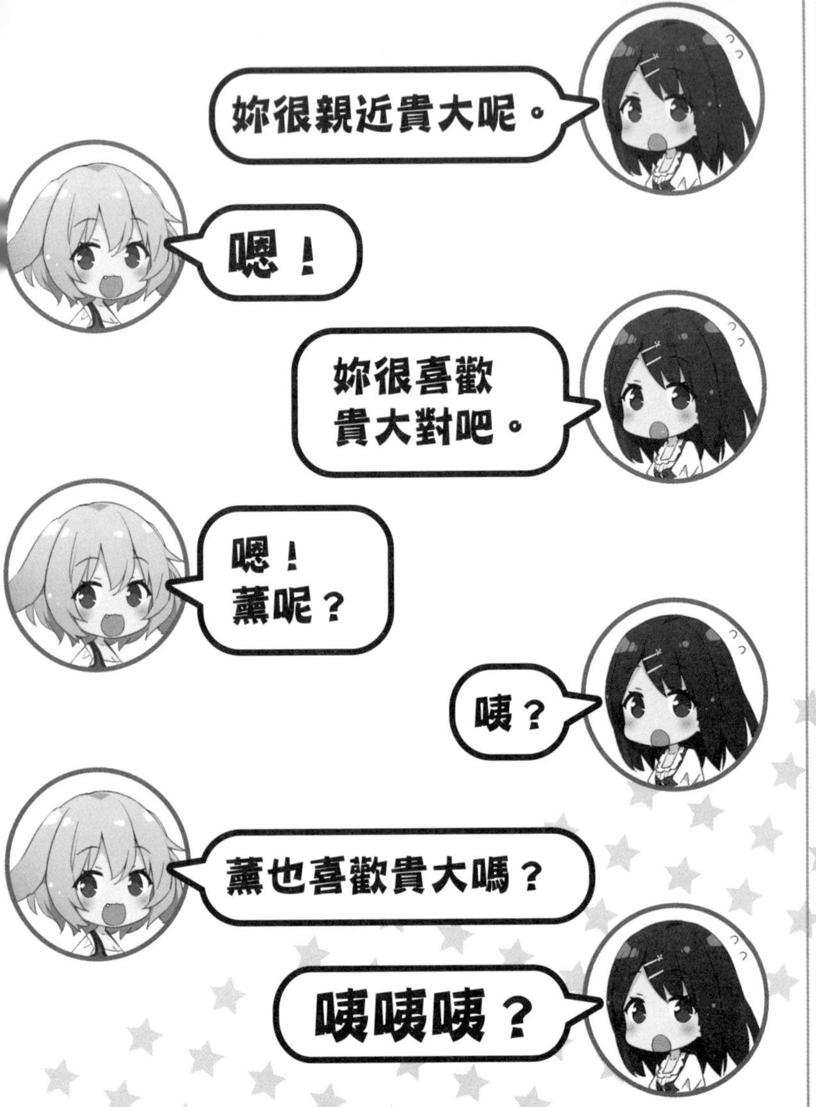
妳很親近貴大呢。
嗯！
妳很喜歡
貴大對吧。
嗯！
薰呢？
咦？
薰也喜歡貴大嗎？
咦咦咦？

薰·羅克亞德

年齡	性別	種族
16歲	女	人類

等級	職業
62	「女服務生」

大眾食堂「滿腹亭」的看板娘。
正是所謂普通的女孩子。

克露米亞·布萊特

年齡	性別	種族
9歲	女	犬獸人

等級	職業
28	「初學者」

犬獸人的少女。
精力充沛，和藹可親！

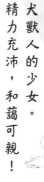

自由人生

異世界萬事通奮鬥記

尾聲

將肉類與蔬菜切成小塊，用小火細細燉煮。

適時用湯勺攪拌，咕嚕咕嚕，咕嚕咕嚕，仔細燉煮。

不知不覺，天色已經完全暗沉，秋季的長夜來臨了。優米爾暫時離開廚房，點開魔石提燈。

接著，她再度走回廚房，繼續咕嚕咕嚕地燉煮鍋中物。

她一面攪拌鍋內的食材，呆愣地陷入沉思。

（已經快要一年了呢。）

那是比起現在更為寒冷的季節。

她無法清楚憶起日期，但記得那天下著雨。

在那寒冷天空之下，正好與此刻的時間點相同，優米爾遇見了貴大。

她細數日子，自與他相遇起即將經過一年。

自從被貴大「買下」以後，已經過了快一年，又來到了安息日。

一年前的優米爾完全無法奢望，自己能夠置身於如此安穩的日子。

（本來的我應該……）

直到現在都待在奴隸市場才對。

或是被某個貴族買下，淪為玩具，落得被玩壞的下場。

如今她成為了女僕，過著像是個普通庶民般的生活——

人生真是無奇不有，優米爾感慨地這麼想。

（但是——）

貴大。佐山貴大。

對於那個人，她真的不予置評。

她從沒見過如此怕麻煩的人。

他這星期也盡是耍賴，一直叫喚著他不想工作、不想工作。

每當他這樣，優米爾就會拿出皮鞭或飛刀，有時候也會真的揮下武器。

（其實我……）

其實她並不想這麼做。

如果可以，她不想施展暴力。

對方再怎麼樣也是把自己拉離苦海，給予她歸屬的人。

她想報恩，也想盡可能溫柔對待他。

儘管如此，該怎麼說呢，那個——

他也是極度的廢柴，待他越是溫柔，他就越怠惰。他就是這種性格。

「啊～？工作？嗯，我會做我會做。」

與優米爾相遇沒多久的貴大，總是這種感覺。

「沒問題沒問題。人生，船到橋頭自然直啦。」

貴大一面說出這種話，卻日復一日混水摸魚浪費時間。

他的眼神混濁得黯淡無光，那副姿態也毫無霸氣可言。

普通的人類不是應該認真工作嗎？然而貴大身上卻找不到一丁點對工作的熱情與幹勁。

豈止如此，他甚至完全與工作背道而馳——

（不可以。再這樣下去不行。）

當時，懷抱強烈危機意識的優米爾暗忖絕對要解決這個問題。

為了讓貴大能成為正經人，她可謂無所不用其極。

在這當中，她找到最有效果的，就是持續沿用到今天的凶器攻擊。使用皮鞭與飛刀帶來「激勵」，超群效果令優米爾感到驚異。

其實，她自己也認為這方法有點問題，無奈其他手段都無所進展。

光是言語，光是溫柔，絕對不可能讓貴大動身工作。

（完全是字面上的意思，要打他屁股才行。）

坦白講，這回答聽來有點扭曲就是了——

然而，多虧這樣「自由人生」才得以順利營運。

貴大今天也好好地活著。沒有陳腐，沒有墮落。

優米爾也是如此。全力以赴工作，安息日時就好好休息，照顧貴大的生活起居，或是向附近的鄰居們學習各種知識，每天都過得相當充實。

此時此刻，她也因為活著而感到喜悅。

並且明天，她也想繼續和貴大一起工作。

一面心想，優米爾再次緩緩攪拌著鍋裡的燉菜。

燉煮得剛剛好。從鄰居那裡學到的料理，今天也製作得很成功。優米爾稍微試了一下味道，滿意地點點頭。

「……唔咿。」

玄關門被打了開來，發出某個人倒下的聲音。

優米爾關掉魔石火爐，來到走廊，發現貴大的身影。

「……歡迎回來。」

優米爾淡淡地迎接主人。

在她腳邊發出不成字句呻吟的貴大，總算勉強說出話來。

「好、好累。」

優米爾面無表情，小幅度地頷首。

他是玩樂到這麼疲累嗎？還是出了趟遠門呢？

無論如何，她想要好好療癒他的疲憊。想讓貴大恢復精神。

如此打算的優米爾扶起貴大，總算將他帶往起居室。

攙扶途中，優米爾也持續對貴大溫柔地說話。

「……我做了好吃的燉菜。」

「咦？」

「……洗澡水也熱好了。」

「喔、喔喔喔……！」

破天荒悽慘的一天結尾，竟然有這樣美好的療癒在等待著他。

面對這無微不至的對應，貴大幾乎要流出眼淚來了。

「哎呀～抱歉啊～一直以來都很謝謝妳。」

「……哪裡。」

「真的幫了大忙，我今天可是倒楣到極點啊。」

「……請好好消除疲勞吧。」

「優米。」

一陣感動——貴大的心胸為之顫動。

優米爾面向他——

「……畢竟明天您還有工作呢。」

「可惡啊啊啊啊——！」

毫無慈悲的話語如此道出，悲慘叫聲響徹蔓延。

萬事通「自由人生」。

這間店的店主貴大，他那不太自由的生活將會持續下去。

……想要悠閒自在。

佐山
貴大

萬事通「自由人生」的店主。
等級封頂的超人，可惜是個廢柴。

年齡
20歲
性別
男
種族
人類
等級
250
職業
「制裁者」

後記

認識我的人，好久不見。不認識我的人，初次見面你們好！

我是「成為小說家吧」境內的珍奇異獸，気がつけば毛玉。

書籍版的《自由人生》，不知道各位喜不喜歡呢？以懶散青年與懲罰人的女僕為中心的異世界日常故事。在這當中大幅加筆與修正內容，我想與網路版本會有所不同。

大刀闊斧砍掉無謂的描寫片段，勤勞追加不足的描寫，再將內容調整成一本文庫本該有的風格步調——真是一項大工程。畢竟初次投稿已經是五年前的事了。不知道刪節號是什麼，視角切換亂七八糟，說明敘述又臭又長，真的是雜亂無章的作品。

即使如此仍獲得了一定程度的評價，我想是因為儘管此作品初出茅廬，但有所潛力的緣故。本次透過加筆與修正，我也再次感受到《自由人生》的魅力。就像是提昇了這部作品的品質一樣，我很幸福。

那麼，有關最重要的故事內容——

這個故事，是從主角來到異世界三年後開始的。

「某天，我穿越到異世界了。」

「看來這裡是個彷彿遊戲世界般的世界。」

「竟然還有冒險者公會之類的單位。」

「在公會裡製作冒險者卡片，當作是身分證。」

「……咦？我竟然擁有Ｓ級的能力值？」

故事初期大概就是這種飛快展開。

也就是所謂的「『成為小說家吧』經典」。也有其他各式各樣的套路，當中要如何妥善描寫，我想就要仰賴「成為小說家吧」作者們的手腕了。

看是寫出中規中矩的王道故事、增加自己特殊的見解，或是編織出其他新的套路——

在各種作者們的寫作方法裡，我選擇了省略。

理由很簡單明瞭，因為我想描寫「從途中開始的故事」。有關穿越到異世界的事端，我想用「總之就是發生了這些事」來飛快帶過。

平穩安定，和第一女主角也處於沒有距離感的安定關係，度過慵懶悠閒的每日——

沒有故事初期會出現的艱澀僵硬，也沒有故事末期的嚴肅感。

如果比喻成西瓜，大概就是正中央的部分。我只想寫美味的部位！

重大事件或起承轉合什麼的先放在一邊，我只是單純想要綿延不絕地描繪和可愛女主角一起相處的日常生活！

真是自私的定位與動機……不過，看來讀者們也能夠好好享受，我寫出這個故事也值得了。能夠立即得到讀者們的回覆，這也是網路小說的優點之一呢。也經常得到插畫……儘管當中也有堪稱「每日洗禮」的恐怖東西……總、總之，先撇開這點不提。

大概就是這種感覺，隨心所欲書寫的《自由人生》。

不過，本次是有字數限制的文庫本化。畢竟是在角川 Sneaker 文庫出版，必須維持輕小說該有的構成。

「成為小說家吧」網站裡沒有起伏限制，從頭到尾用同一種節奏描寫故事也沒有關係。由於可以隨時上傳小說續篇，就算沒有做出「這段篇幅就是一章」的章節區分也沒有關係。

然而輕小說則是一冊的書籍，必須在一本書的篇幅內讓讀者感受到樂趣才行。如果「一直輕鬆懶散地書寫吧～好，就在這裡結束！」的話，這種概念的作品較不會被接受。

要將「成為小說家吧」的作品書籍化，我聽說會出現很多諸如此類的糾葛與煩惱。

「到底要收錄哪些部分到實體書裡啊……」

「第一集裡女主角根本沒有出現啊！」

之類的，或多或少會聽見像這樣的苦聲。

因此，儘管可喜可賀，書籍化作品同時也經歷了許多辛勞。

書籍化作品的其中之一《自由人生》也保留了網路版的優點，並且為了作為能夠輕鬆閱讀的輕小說，進行了加筆修正。

比較兩者，各位應該能夠發現有許多不同之處吧？

我在體感上以除舊布新的氣勢，重寫了許多地方……原本令人眼花撩亂的視角變更，應該也一目了然了許多才對。

哎呀，真的是項大工程啊。

我真的是很想痛揍當時的自己一頓呢！

那麼，最後是獻給各位相關人員們的謝辭。

責任編輯O，這次也受您照顧了。《自由人生》的再度出版，得到您各式各樣的提案，真的非常感謝。我也會不屈不撓地繼續創作出其他好作品，因此今後也請您多多指教了。

插畫家かにビーム老師，感謝您繪製出這麼可愛的插畫。在角川Sneaker文庫出版的新故事，我想插畫也占有很大的影響因素。身為本作品的作者，今後也會期待かにビーム老師繪製的插圖。

也非常感謝繪製宣傳漫畫的坂野杏梨老師。漫畫裡，在意想不到的地方令人心跳加速、

收到的分鏡稿也令人振奮，這些日子以來都讓我心情雀躍。

其他，像是裝訂和製作，與此書出版程序有關的所有人們，我都獻上感謝。以及更重要的是，閱讀此書的各位讀者們，真的非常感謝各位。

這是第二次書籍化的作品，為了能讓各位更享受故事內容，我會繼續精進自我。

那麼，期待我們的相見。下次見了。

気がつけば毛玉

關於我轉生變成史萊姆這檔事 1~12 待續

Kadokawa Fantastic Novels

作者：伏瀨　插畫：みっつばー

東方帝國的謀略終於伸向魔國聯邦——
超人氣魔物轉生記，情勢緊張的第十二集開幕！

「東方帝國」終於開始有所動作！根據知曉未來的少女「勇者克蘿耶」所說，在某個時間軸的未來利姆路被帝國所征討，魔國聯邦面臨崩解！雖然現狀與之大不相同，但無法忽視可能性。對於加強警戒的利姆路，就在這時，帝國的密探潛入了魔國聯邦——

各 **NT$250~320/HK$75~105**

國家圖書館出版品預行編目資料

自由人生 : 異世界萬事通奮鬥記 / 気がつけば毛玉作 ; 響生譯. -- 初版. -- 臺北市 : 臺灣角川, 2019.03-

冊 ; 公分

譯自 : フリーライフ : 異世界何でも屋奮闘記

ISBN 978-957-564-815-2(第1冊 : 平裝)

861.57 108000476

Kadokawa
Fantastic
Novels

自由人生～異世界萬事通奮鬥記～ 1

（原著名：フリーライフ　異世界何でも屋奮闘記1）

2019年3月27日　初版第1刷發行

作　　者：気がつけば毛玉
插　　畫：かにビーム
譯　　者：響生

發 行 人：岩崎剛人
總 經 理：楊淑媄
資深總監：許嘉鴻
總 編 輯：蔡佩芬
編　　輯：黃怡珮
美術設計：胡芳銘
印　　務：李明修（主任）、黎宇凡、潘尚琪

發 行 所：台灣角川股份有限公司
地　　址：105台北市光復北路11巷44號5樓
電　　話：（02）2747-2433
傳　　真：（02）2747-2558
網　　址：http://www.kadokawa.com.tw
劃撥帳戶：台灣角川股份有限公司
劃撥帳號：19487412
法律顧問：有澤法律事務所
製　　版：巨茂科技印刷有限公司
ＩＳＢＮ：978-957-564-815-2
香港代理：香港角川有限公司
地　　址：香港新界葵涌興芳路223號
　　　　　新都會廣場第2座17樓 1701-02A室
電　　話：（852）3653-2888